風の落とし葉

——ある自称詩人の裸の詩日記——

大野充彦

目次

前書き

筆者も、かつては、英米文学の研究者の一人であった。したがって、当然ながら、英米文学の研究を通して人間や人生についての思索を深め、そのささやかな成果を教室で語り、また、論文や著書にまとめるなどした。

筆者がなかんずく興味をそそられたのは、人間が、善良そうな顔の下に普段はさりげなく隠している、本人にも明確には意識されていないような、心の闇の部分であった。それゆえ、筆者が採り上げる問題は、主としては、人間の悪や性の問題となった。そして、筆者は、それらの問題をあたかも他人事のような態度で取り扱うのではなく、ほかならぬ自分自身の問題でもあるという立場から、それらとできるだけ率直に向き合うように努めた。

なぜなら、筆者にとって、それらの問題は、決して他人事ではなかったからである。文学作品に登場する主要人物たちの悪の問題は、一人の人間としての筆者自身の悪の問題でもあった。彼らの性の問題は、一人の人間としての筆者自身の性の問題でもあった。そこで、筆者は、それらの登場人物たちの悪や性に、自分自身に内在する悪や性を重ね合わせながら、人間の悪や性の問題をできる限り率直に論じた。

無論、そうすることが、筆者の言動や著作物に接する人々の真の人間理解に資することを期待し、信じてのことである。

そして、実際、文学研究者としての筆者のそういう在り方は、少なくとも、ある時期まではごく自然に受け入れられていた。

ところが、である。このことは、近年、巷《ちまた》でしばしば取り沙汰される、若年層の読書離れや文学離れの傾向／更には、彼らの思考力や規範意識の低下の傾向、とも密接に関わっているものと思われるが、あるとき、一人の年配女性の大きな影響下にあった人々が、密かに徒党を組み、筆者に対して、実に卑劣で卑怯な人身攻撃を暗闇から掛けてきたのである。

この女性は、異常に攻撃的な性格を持ち、特に男性に対して激しい敵愾《がい》心を燃やしている人物で、文学を理解する心などとはまるっきり縁がなかった。

そのため、筆者の言動や著作物の内容を完全に誤解し、筆者への悪意に満ちた中傷を常々周囲に撒き散らしていたのであるが、それを無批判に真《ま》に受けた連中が、筆者の真意を確かめさえせずに、いきなり、インターネットの世界に、筆者を「性的異常者」ないしは「女性の敵」と強く印象づけるための捏《ねつ》造情報・歪《わい》曲情報の類いを、筆者の氏名・身元はおろか顔写真まで付けて、次々に垂れ流し始めたのである――それも、筆者自身が流しているかのように装って。彼らは、筆者の既発表の著作物や、筆者がしかるべき機関に保管を依頼していた未発表論文を、そのままネットに流す（勿論、筆者に無断でこっそりと）場合ですら、筆者に対する世人の不信を煽るよう、巧妙に細工を施していた。

筆者がパソコンの操作を苦手とし、インターネットの世界に疎いことに付け込んだ、陰湿な組織的攻撃であった。この方法でなら、筆者に反撃される虞もなく、存分に筆者の社会的名誉を毀《き》損し、その社会的信用を失墜させることができる、と踏んだのであろう。更には、それらの怪情報を筆者自身が流しているかのように見せかけることによって、筆者の人格の異常さを強調できるばかりか、自分たちが密かに流しているという事実を誰にも暴かれないで済む、と抜け目なく計算したのであろう。なんという悪知恵であろうか！

しかも、連中のそうした陰謀は、まんまと成功を収めたのである。彼らがインターネットを通してこれでもかこれでもかと垂れ流す、数々のいかがわしい「成り済まし情報」は、多くの世人に鵜《う》呑みにされ、筆者は、自らの周辺はもとより、行く先々でも、人々の露骨な偏見の目と差別的な態度にひどく苦しめられる羽目になった。

思い余った筆者は、心ならずも、しかるべき筋にしかるべく働きかけざるをえなかった。パソコンさえ一人前に扱うことができない筆者だけの力では、迫害者たちの悪意にどう対抗しようもなかったからである。

だが、筆者が半ば予想したとおり、その結果は、やはり思わしいものではなかった。否、逆に、筆者を一層の苦境に追い込むものでしかなかった。御多分に漏れず、この場合においても、その筋は、その筋自身の立場と都合を第一に考えるものだったからである。加えて、その筋自身が、前記の諸《もろ》々の怪情報に濃厚に影響されていたからである。

そういう四面楚歌の状況下にあって、筆者は、まず、自己の心身の健康を守ることを考えなければならなかった。つまり、定年までにまだ三年を残しながらも、強度の精神的重圧から自己を解放するために、断腸の思いで退職を決断せざるをえなかった。

同時に、筆者は、迫害者たちの心ない仕打ちによって世間に広くばら撒かれた、筆者自身の忌まわしい虚像を、世人の目の前できれいに払拭し、不当に奪われた自らの社会的な名誉と信用を回復する手立てを、早急に講じなければならなかった。さもなければ、筆者は、理不尽な汚名を着せられたまま、鬱々として余生を送り、鬱々として死んでいくほかはなかったからである。そんな屈辱は、筆者自身のためにも、また筆者の家人のためにも、到底甘受できるものではなかった。

しかし、誰からも不信と疑惑の目を向けられ、この広い世間で完全に孤立していた筆者が、身の証《あかし》を立てようと思えば、己のつたない文筆の力に頼るしかなかった。

そのささやかな結果が、一点の研究書と二点の詩集である。すなわち、『十色《といろ》のメッセージ――20世紀英米短編小説自論集――』(平成二十年)と、『退職前後――ある素人詩人の裸の詩日記――』(平成十八年)／『半・世捨て人の独り言――ある無名詩人の裸の詩日記――』(平成二十一年)である。

とりわけ二点の詩集は、自分への不当な攻撃や偏見や差別に苦悶する筆者の心を、より直接に世人に訴えかけたものであり、当然、怒りや悲しみの心情が基調を成している。

けれども、これら二点の詩集に収録された、総計四百三十一編（第一詩集＝百七十九編、第二詩集＝二百五十二編）の詩は、決してその種の詩だけではない。その中には、一人の人間としての筆者の、他の様々な心模様を映し出した詩も、数多く採り入れられている。なぜなら、筆者には、これらの詩集を単なる抗議や弁明の書にするつもりは、毛頭なかったからである。筆者は、人類の一員としての自分の心を、できるだけ有るがままに描くことによって、誠に不完全ながらも、人間という存在の有りのままの心を、できる限り正確に表現してもみたかったのである。

人間の有りのままの心――それは、多くの人々が、日頃、半ば無意識のうちに漠然と想定しているような、そんな整然としたものではあるまい。つまり、常に良心と良識の枠組みの中にきちんと行儀よく収まっていて、いかなる場合にも絶対に人の道を踏み外す虞などないような、そんな単純な代物ではあるまい。

人間の有りのままの心――それは、冷徹な観察者の目で見るなら、真偽・善悪・美醜を含めた実に多様な要素が、実に複雑に混じり合って構成している、矛盾だらけの複合物であろう。しかも、それらの諸要素は、それぞれが互いに相関しながら、絶えず膨張・収縮・融合・変質等の運動を続けているのである。

人間の心とは、なんと捉え難いものであろうか。

だが、筆者は、正にそうした人間の心をこそ、有るがままに捉えてみたかったのである。

それは、文学研究に長年携わってきた筆者の、一種の本能のようなものであったのかもしれない。しかし、同時に、ある強い思いが筆者の心に顕在していたことも、事実である。

それは、筆者を執拗に苦しめ、暗闇でにんまりほくそ笑んでいるはずの迫害者たちには、人間というものがまるで見えていない、という思いであった。彼らには、人間の心が真の意味では少しも理解できていず、だからこそ、誤った基準と誤った手段で平然と他人を裁き、罰しようとするのだ、という思いであった。

実際、彼らは、言わば教科書どおりの無機質な理想論にあまりにも四角四面に捉われ過ぎて、「理想から逸脱した人間などは、問答無用で厳罰に処さなければならない」と、固く思い込んでいるのに違いなかった。法も良識も無視して人権侵害の非道を暴走する自分たち自身が、いかに理想から外れた存在であるかには、いささかも考え及ぶことなく、で

である。
現在の日本の教育は――否、現在の日本の社会は――、尊敬と信頼に値する多くの有為な若者を育成する一方で、ひょっとすると、この手の幼稚で浅薄で身勝手で、人間の心の機微に鈍感であるばかりでなく、反人間的でさえある若者を、せっせと量産しているのではなかろうか／もしも不幸にしてそうであるなら、早急になんとかしなければならないのではなかろうか――そういう矢も盾もたまらぬ思いが、人間と人間の心を、それまでにも増して有りのままに描こうとする方向に、筆者を激しく駆り立てたのである。

とは言え、浅学非才の筆者が、自分の筆力で、世人の人間観や人生観を変えたり、日本の社会や教育に大きな影響を与えたりすることができるなどと、自惚《うぬ》れたわけでは断じてない。そんな大それたことは、自分の能力の及ぶところではないことを、筆者は十二分に心得ている。
ただ、筆者は、己のつたない言葉でも、読者に対して、人間や人生についてより深く考えるきっかけを提供するくらいのことは、時には可能かもしれない、というほのかな期待を抱かないではいられなかったのである。

こうして、前記の研究書一点と詩集二点は生まれた。そして、この第三詩集、『風の落とし葉――ある自称詩人の裸の詩日記――』も、その延長線上にある。

しかし、筆者が、そういう思いを込めて世に出した三点の自著――『十色のメッセージ』・『退職前後』・『半・世捨て人の独り言』――は、人間や人生についてより深く考えるきっかけを、時には読者に提供しえたであろうか。わけても、筆者を迫害した人々に、真摯な反省のきっかけを提供しえたであろうか。それとも、筆者のそうした思いは、全くの空振りに終わったのであろうか。

この点に関しては、筆者には何も分からない。仮にインターネットでも利用すれば、その辺りの事情も少しは明らかになるのかもしれないが、ネットの世界をてんで信用していない筆者には、そういう意思は全然ないし、今後もありえないであろう。

そんな筆者に分かっているのは、少なくとも今年の初め頃までは、世人のうさんくさげな視線が、筆者の人格にしつこく向けられ続けていたこと／および、これまでのところ、自分の破廉恥な所業について筆者に直接謝罪した人物は、一人もいないこと、くらいのものである。

だが、筆者に対する迫害が明瞭な形を取り始めてからでも、かれこれ十年の歳月が流れた。かつて筆者とその家人に塗炭の苦しみをなめさせた若者たちも、今では、少しは思慮分別の備わった大人になっていることであろう。たとえ、筆者に過去の罪を潔く告白して許しを乞う勇気は持たなくとも、内心、深く反省し、その反省を自らの現在に生かしていることは、十分に考えられよう。せめてそうであってほしいと、筆者は切に願ってやまない。

また、彼らが流した無責任情報を軽信して、筆者への攻撃に加担した人々や、筆者に偏見と差別で対応し続けた人々も、今は自らの浅慮と軽率を悔いているものと、ぜひ信じたい。

以上、詩作することなど一度も考えたことのなかった筆者が、詩作を思い立つに至った経緯等について長々と述べてきたが、この辺で、本詩集に関しても、若干は触れておかなければなるまい。

筆者にとって第三詩集に当たる『風の落とし葉』は、第二詩集『半・世捨て人の独り言』に載せた最後の詩に引き続いて、平成二十一年四月から二十五年三月までの丸四年間に筆者が書き溜めた、合計六百六十編のいずれも未発表の詩の中から、比較的筆者自身の気に入った計二百五十九編を選び出し、第一詩集や第二詩集の場合と同様に、それらを作成した日付の順に並べたものである。

収録する詩を、作成した日付の順に単純に並べて、日記風の体裁にしたのは、この詩集も、前の二作の詩集と同様に、人間の有りのままの心を捉えようと筆者が意図するものだったからである。前述したとおり、様々な顔を持つ、矛盾に満ちた多面体であり、しかも、一時《いっとき》も休むことなく、絶えず変化し続けている流動体でもある人間の心を、有るがままに捉えようとするなら、日記風の形を取るのが最もふさわしいように、筆者には思われたのである。

本詩集に集める詩の選定に臨んで、詩の内容や作成時期になるべく偏りが生じないよう、筆者がことさら留意したのも、同様の理由からである。

このことからも明らかなように、ここに収めた詩の一つ一つは、筆者の心の小さな断片にすぎない。したがって、これらの詩の幾つかだけをいくら見つめても、筆者の心の全体像はなかなか見えてこないであろう。

万一読者が、筆者の心の全体像に——そして、それを通して、甚だ不完全なものではあるが、一人の人間の心の全体像に——近づこうとしてくださるおつもりなら、誠に恐縮ながら、ぜひ本詩集全体に満遍なくお目を通していただきたい。

万一このような僭《せん》越な願いを読者にかなえていただけるなら、筆者冥利に尽きるというものであり、筆者にとってこれに勝る喜びはない。


ここで、それぞれの詩の日付について一言。

この詩集に載録した各詩の末尾に記した日付は、あくまでも、その詩の原形が完成した日付を示す。

ゆえに、それは、必ずしも、その詩を着想した日付であるとは限らない。また、その詩を現在の形に仕上げた日付であるとも限らない。

と言うより、大部分の詩には、原形完成後にも大なり小なり彫琢《たく》の手を加えていることを、あらかじめお断りしておく。

最後になったが、本詩集の出版を快く引き受けてくださった、株式会社山口書店の関係者各位に、心から厚くお礼を申し上げる。

筆者が同書店の名を初めて知ったのは、大学一年生の春である。一般教育課程の英語の授業で、二十世紀のイギリスの作家ジョン・ゴールズワージーの、『林檎《りんご》の木』という情趣あふれる恋愛小説を、日本語の注釈付きのテキストで読んだのであるが、このテキストの出版元が同書店であった。このロマンティックな中編小説の内容にいたく感動したこともあって、このとき、同書店の名も筆者の記憶に強く焼きつけられた。（ちなみに、当時の日本の大学の一般教育課程の英語教育は、現在の大学の実用英語偏重の英語教育とは違って、英語の教育であると同時に、人間や人生への理解を深めさせることを主眼とした人格教育でもあった。文学偏重の嫌いはあったが、授業内容もテキストも各教員が自由に選ぶことのできた、実に大らかな時代の英語教育であった。）けれども、それからおよそ二十七年後に、まさか自著を山口書店から発行していただくことになろうとは、筆者は、無論、夢にも思わなかった。

しかし、これが縁というものであろうか。筆者が自己の二点目の研究書の刊行を思いついた際、同書店の名が、ふと筆者の脳裏をよぎったのである。このことが、幸運にも、以後のほぼ二十二年間に、同書店から計六点の拙著を刊行していただく契機となった。そして、今回の第三詩集の上梓《し》である。

これまで常に誠実で堅実なお仕事をしてくださっただけでなく、いつも筆者に温かく接してくださった山口書店の関係者の方々には、ただただ感謝するほかはない。

殊に編集部の竹村春美さんには、一方《ひとかた》ならずお世話になった。竹村さんには、過去において既に何度も親身なお心遣いを頂戴したが、このたびの本詩集の出版に関する仕事も担当していただけることになった。

竹村さんの編集者としての有能さを熟知する筆者にとって、誠にありがたく、今までの感謝に重ねて、改めて深謝の意を表する次第である。

平成二十五年六月二十八日

筆　者

第一章　香り盗人

（平成二十一年四月――九月）

怪物

人間、生きていれば、
いろんなことがある。
いいことも悪いこともある。
楽しいこともつらいこともある。
幸せなことも不幸せなこともある。

だから、心が、
赤くなったり青くなったり、
白くなったり黒くなったり、
丸まったり角張ったり、
まっすぐになったり歪《ゆが》んだり、
伸びたり縮んだり、

膨らんだり凋《しぼ》んだり、
広がったり狭まったり、
開いたり閉じたり、
熱くなったり冷たくなったり、
硬くなったり軟らかくなったりするのだ。

人間の心は、
それが置かれた状況に応じて、
いつも変化している。
色も形も大きさも状態も、
決して一定のそれらにとどまることなく、
絶えず変化し続けている。

人間の心は忙しい。
ちっともじっとしていない。

正に変幻自在の面白い怪物だ。

（平成二十一年四月五日）

毛虫のぶらんこ

毛虫が宙で揺れている。
糸にすがってぶらぶらり。
風が吹くたびぶらぶらり。
ぶらんこみたいに揺れている。

頭がもぞもぞ動いてる。
お尻もいごいご動いてる。
体もくねくね動いてる。
気持ちがいいよと動いてる。

いつまで揺れているのかな。
いつまでぶらんこ遊びかな。
呑気でいいね、毛虫くん。
・・・
いつかはなれよ、蝶々に。

（二十一年五月十八日）

さえずり

久し振りに土手下の小道を歩く。
腰痛で不自由になった片足を引きずりながら、
よたよたと歩く。
五月の空は爽やかに晴れ渡り、
そよ風が頬に快い。

以前は除草剤のせいで何もかもが死滅していた、
この辺りの土手の斜面にも、
今は緑の草木《くさき》がよみがえっている。
生き生きと生い茂っている。

灌木の茂みで、鶯《うぐいす》がさえずっている。
両目を閉じてじっと耳を澄ませている私には、
次のように聞こえる――

ほっといて。ほっといて。
僕らの世界はほっといて。
何《なん》にもしないでほっといて。
自然のままにほっといて。

私の心も、これに応じてさえずる――

ほっとこう。ほっとこう。
君らの世界はほっとこう。
何にもしないでほっとこう。
元気な自然はほっとこう。

（二十一年五月二十日）

野花

六月初めのことだった。
晴れた堤を歩いてた。
川で魚が遊んでた。
鳥がグジュジュと鳴いていた。

野薔薇《ばら》の季節は終わってた。
路傍の草は刈られてた。

野草《のぐさ》が一本残ってた。
たった一本残ってた。
茎がまっすぐ伸びていた。
すくすく伸びたその先に、
花が一輪咲いていた。
たった一輪咲いていた。

青空向いて咲いている、
小さく可憐な白い花。
名前も知らぬ野趣の花。
その風情をば絶ち難く、
刈らずに残していとしんだ、

誰かの心が光ってた。

（二十一年六月二日）

ぼやき歌

腰のお次は肩かいな。
肩が痛《いと》うてどもならん。
寝床で寝返り打つたびに、
右肩ぎしぎしこすれよる。
夜が来るのが怖いがな。
横になるのがつらいがな。
どないにしたらええやろか。

思やああれが悪かった。

退職してから有り余る
時間をうもう生かそうと、
買物係を買《こ》うて出て、
毎日毎日、重過ぎる
品物両手にぶら下げて
無理をしたのが、まずかった。

腰が潰れて肩壊れ、
床に伏すのも楽やない。
女房《にょうぼ》の手助けしょうとして、
かえって負担掛けてもた。
善意が裏目に出てしもた。
ぼやいてみとうもなるわいな。
年は取りとうないもんや。

(二十一年六月十日)

これが老いるということか

梅雨の晴れ間に散歩する。
むずかる肩をなだめつつ、
痛がる腰を庇《かば》いつつ、
びっこ引き引き歩き出す。

どっこらどっこらどっこらしょ。
なかなか前に進めない。
自分の体がままならぬ。
小軀がこんなに重いとは。
これが老いるということか。

とっくに職も辞めたのに。
子供も巣立っていったのに。
いろんなことから手を引いて、
これほど身軽になったのに。

ちょっと汗ばむこの陽気。
日陰でしばし一休み。
路傍の気温表示器が、
二十八度を示してる。
どれ、もう少し頑張るか。
ひょっこらひょっこらひょっこらひょ。

風軽やかな橋の上。
雲が軽々浮かんでる。
水が軽々流れてる。

鳥が軽々歌ってる。
みんな軽々生きている。

羨ましいな、その若さ。
懐かしいなあ、あの昔。
心も軽く身も軽く、
気楽に暮らせた遠い日々。

それでも生きなきゃ、しょうがない。
死ぬまで生きなきゃ、しょうがない。
もう少しだけ頑張るか。
よっこらよっこらよっこらしょ。
やっこらやっこらやっこらや。

（二十一年六月十二日）

兎と亀

電車に乗ろう。楽しいよ。
運転席のそばがいい。
前の景色がよく見える。
スピード感が満点だ。

電車がすいすい滑ってく。
貨物列車が前を行く。
追いつかれてはたまらんと、
一目散に逃げていく。

だけど、電車は快足だ。
脇の線路を走ってる

貨物列車に追いついて、
見る見るぐんぐん抜いていく。

いいぞ。愉快だ。その調子。
どんどん抜けよ。追い抜けよ。
さすがは電車、身が軽い。
子供のようにはしゃぐ僕。

貨物列車が喘いでる。
荷物がひどく重たそう。
抜かれてとても悔しそう。
なんだかちょっとかわいそう。

けれども、すぐに次の駅。
電車の足がのろくなる。

貨物列車に追いつかれ、
止まってる間《ま》に抜かれてく。

貨物列車は止まらない。
見る見る遠ざかっていく。
あーあ、無念だ。残念だ。
兎《うさぎ》と亀だ、僕たちは。

丘

田んぼの向こうに山がある。
優しく二つ並んでる。
山と言うより丘みたい。

（二十一年六月十七日）

丸くて小さな盛り上がり。

二つは夫婦か恋人か。
それとも、親子かきょうだいか。
共に仲よく手をつなぎ、
じっと何かに耐えている。

今朝見て初めて気が付いた。
仲睦まじさに気が付いた。
仲がいいのは麗しい。
たとえ丘でも麗しい。

（二十一年六月十七日）

はかなき命

香《か》は甘く姿は深く色白く
妙《たへ》なる花ぞ泰山木《たいさんぼく》は

香り愛《め》で姿をば愛で色愛でて
愛でつつ惜しむそのはかなさを

今日咲かば明日には凋《しぼ》み明けて散る
花の定めが命思はす

（二十一年六月十八日）

いちじく坊や

路傍の小さな果樹園で、
いちじく坊やが顔出した。
ここにも、そこにも、あそこにも。
多くて数え切れないいな。
坊やは小指の先くらい。
小さな小さな小僧さん。
葉っぱの陰からこっそりと
覗《のぞ》いた顔は、真っ青だ。
なんだかみんな不安そう。

雨が来ぬかと気掛かりか。
それとも、日照りが気になるか。

だけど、心配要らないよ。
葉っぱが庇《かば》ってくれるから。
根っこが凌いでくれるから。
安心おしよ、小僧さん。
降っても照っても大丈夫。
母さん葉っぱは子供好き。
父さん根っこは子煩悩。

（二十一年六月十九日）

みんなの宝

我が家の近くに家が建つ。
完成間近なしゃれた家。
散歩の途中、その前を

通ると、人の声がする。
もう引っ越してきたのかな。
いやいや、家の出来具合、
確かめに来てるだけだろう。

あれあれ、子供の声がする。
なるほど、今日は日曜日。
家族揃って来たんだね。
子供も一緒に来たんだね。

子供の声は楽しそう。
とても弾んで嬉しそう。
新居に住むのが楽しみで、
夢膨らませているんだね。

子供が少なくなったよね。
団地も寂しくなったよね。
子供が増えると嬉しいね。
元気に遊んでほしいよね。
子供はみんなの宝だね。

（二十一年六月二十一日）

一緒に飲もうよ、この酒を

やあ、よく来たね。上がってよ。
雨には濡れなかったかい。
高価な酒をありがとう。
一緒に飲もうよ、この酒を。
苦労話を聞かせてよ。

一緒に飲むのは久し振り。
この前一緒に飲んだのは、
君が大学生の頃。
僕らが二十代の頃。
随分飲んだね、あの頃は。

君は、それから教職に
就いて、ひたすら頑張った。
三十八年努力した。
やっと、この春定年で、
今日は訪ねてきてくれた。

過去にも訪ねてくれたけど、
いつも車で、酒出せず、

一緒に飲むのは久し振り。
いい酒だねえ、この酒は。
腹に染みるよ、じんわりと。

どうだい、女房《にょうぼ》の手料理は。
栄螺《さざえ》の壺《つぼ》焼き、うまいだろ。
茄子《なすび》の田楽、いけるだろ。
遠慮しないで食べたまえ。
さあさ、どんどん飲みたまえ。

僕はすっかり年取った。
あちこち体を悪くして、
あんまり飲めなくなったんだ。
てんでだらしがなくなって、
薬のおかげで生きてるよ。

君も前ほど飲まないね。
やっぱり年を取ったんだ。
持病の二、三はあろうけど、
大事にしろよ、その体。
楽しまなくちゃ、これからを。

学業成績優秀で、
大学院にも通《とお》ったが、
結局、そちらへ進まずに、
高校教師の道選び、
親孝行をしたんだね。

君が歩んだその道も、
確かに正解だったんだ。

君が教え子かわいがり、
大事に育ててきたことは、
君の慈顔が語ってる。

今日は楽しい酒だった。
よく来てくれた。嬉しいよ。
今度も飲もうよ。また来てよ。
いろんなことを話そうよ。
過去も未来も語ろうよ。

（二十一年六月二十四日）

自然の目

出かける妻の声がした——

「すごくきれいよ、朝顔が。
あなたも、どうぞ見てやって」。

声に誘われ、出てみると、
庭にきれいな朝顔が、
二輪並んで咲いていた。

青色の花と白い花。
私がじっと見つめると、
向こうもじっと見つめてた。

まるで目玉のようだった。
自然の両目のようだった。
大きな大きな自然の目。
何でも見抜く自然の目。

清く厳しく優しい目。

見ているうちに見られてた。
見ている以上に見られてた。
じっと私が見られてた。
心の奥まで見られてた。

自然の目には、どのように
私は映っているだろう?
私の心や生き方は、
どんなに映っているだろう?

（二十一年六月二十五日）

梅雨の夢

梅雨空は何かを期待せしむる空
雲の彼方に夢宿す空

梅雨の夢　雨の帳《とばり》で育つ夢
その後《あと》に来る夏の彩り

夏　鶯

空隠し山隠したる梅雨の雲
隠しかぬるは鶯《うぐひす》の声

（二十一年七月一日）

木立より四方に響く佳《よ》き調べ
春にも勝る夏の声かな

鶯の声聴きたさか日輪も
雲間雲間に顔を覗《のぞ》かす

（二十一年七月三日）

鏡富士礼賛

笹竹の間《ま》より望むは鏡山
夏の衣は濃き緑なり

かく見ればかく美しきその姿
いついづくより見るかぞ山も

丈低く富士には遠く及ばねど
鏡富士とも呼びたき風情

雲は急《せ》き風吹き募る今日の日も
姿優しき鏡富士かな

（二十一年七月十三日）

野沢温泉、夏の旅

千曲川《ちくま》沿いに鈍行《ふつう》でとことこと
飯山線《いひやま》はのどかなるかな

夏雲が山の彼方にむくむくと
林檎《りんご》畑を見下ろすごとく

暑き日に熱噴湯《ふんたう》見て汗掻《か》きぬ
古き歴史の野沢温泉

毛無《けなし》山そこここに咲くあぢさゐは
空の滴か青のさやけき

木陰なる人待ち顔のハンモック
妻が戯る少女のごとく

ベンチにて蟻と出会へる蜜蜂の
慌て飛びのくさまぞをかしき

宿にてはブルーベリーを堪能す
女主《をんなあるじ》の丹誠の味

帰途の駅ふと見てあっと胸打たる
家事に荒れぬる妻の細き手

（二十一年八月八日）

風が木の葉をあやしてる

風が木《こ》の葉をあやしてる。
そっと木の葉の手を取って、
一緒になって遊んでる。
さわさわさわと遊んでる。

風が木の葉をあやしてる。
優しく木の葉を抱っこして、
良い子良い子と揺らしてる。
さわさわさわと揺らしてる。

風が木の葉をあやしてる。
しっかり木の葉を負《お》んぶして、
眠れ眠れと歌ってる。
さわさわさわと歌ってる。

（二十一年八月十八日）

若者よ

若さとは何か。
若さとは、世の中の現実を知らないことだ。
世の中の現実を経験する機会が乏しかったために、
世の中の現実を知らないことだ。
親たちや教師たちが衝立《つい》となって庇《かば》ってきたために、
世の中の現実を知らないことだ。

世の中の現実を知らない若者が拠りどころにできるのは、
観念しかない。
だから、若者は、観念的理想主義に突っ走らざるをえない。
しかし、若者のそんな理想主義は、当然、
厳しい現実の中で挫折せざるをえない。

何度も深く挫折せざるをえない。
そして、若者は、
何度も深く傷つかざるをえない。

けれども、その傷が癒えたとき、
若者は、既に幼稚な観念的理想主義を脱却して、
一人前の大人に成長している。
現実の枠組みの中で堅実に生きていかなければならないという覚悟を、
しっかりと身に付けている。

しかし、見どころのある若者は、
現実に目覚めた後《あと》も、
決して現実に溺れ果てることはない。
自らのかつての理想を大幅に修正し、
更に一層の磨きを掛け、

これを現実の中で生かすために、
たゆまぬ努力を惜しまない。
理想と現実の調和を生涯の仕事として自らに課し、
着実に粘り強く我が信じる道を歩んでいく。

若者よ、理想を持たなければ現実は無意味だ。
だが、現実の中で生かさなければ、理想は無意味だ。
そうではないか、若者よ。

(二十一年八月二十一日)

初秋の田園風景

のどかやな瓦の屋根に綿帽子

雲一つ　また一つあり茄子《なす》畑

蟬の音《ね》を涼しげに聞く蓮の花

ピーヒョロと初秋を告ぐる鳶《とび》一羽

（二十一年八月二十四日）

秋はどこから来るのかな

秋はどこから来るのかな。
夏の賑わい過ぎ去って、
入道雲が消える頃、
ひんやりとした風に乗り、
どこからともなくやってくる、

無口で目立たぬ影法師。
秋はどこから来るのだろ。

風がしんみり吹いている。
雲がひっそり流れてる。
花が寂しく咲いている。
稲が静かに実ってる。
すべてが秋だと言っている。
秋が来たよと言っている。
夏から冬への橋渡し。
控えめで地味な影法師。
秋はどこから来たのだろ。

（二十一年八月二十六日）

秋の陰影

ひんやりとした風が、静かに吹き抜けていく。
夏のあのすっきりとした陽気な風とは明らかに違う、
どこか深い陰影を湛《たた》えた寡黙な風。

灰色の雲が、その風に吹き流されていく。
夏のあの単純で自己主張の強い雲とは明らかに異なる、
どこか深い陰影を潜めた無口な雲。

そう。今は秋なんだ。
だから、風も雲も、お喋《しゃべ》りを控え、
自分がこの世に存在することの意味を
深く深く考えているのに違いない。

香り盗人

とある民家の塀の外に、
大きないちじくの木が、大胆に身を乗り出している。
晩夏の日差しから逃れて、
私は、その木陰で一休みする。

いちじくのあちこちには、
らっきょう形の実が、愛嬌のある顔を突き出している。
ほとんどは未熟な青い実だが、
中には、熟して黒っぽくなりかけたものもある。

（二十一年八月二十六日）

いちじくのあの独特の、薬効のありそうな香りが、
辺りにふんわりと漂っている。
その香りを、私は思い切り深く吸い込む。

塀の中で、人の気配がする。
こちらの様子をうかがっているようだ。

収穫を楽しみにしていらっしゃるんですね。
分かります。
でも、御心配なく。
私は、いちじく盗人《ぬすびと》じゃありませんから。
いちじくの香りを失敬しているだけですから。

別の民家の庭に、きれいな花が咲いている。
思わず、近づいて見とれる。

何の花だろう？
かぐわしい香りが広がっている。
その香りを、私は深々と吸い込む。

家の中で、人の気配がする。
こちらをじっと見つめているようだ。

花を愛される方なんですね。
分かります。
でも、心配御無用。
私は、花盗人じゃありませんから。
花の香りを頂戴しているだけですから。

私ですか？　何者だと思われます？
何を隠しましょう。

私はね、香り盗人なんですよ。

（二十一年八月二十八日）

捨て身技

俗世間で無難に生きていきたければ、
決して本当のことを言ってはならない。
なぜなら、本当のことには、多くの場合、
俗世間にとって不都合な要素が含まれているからだ。
俗世間は、自らの円滑な運行に好都合な嘘で固まっていて、
本当のことを忌み嫌うからだ。

この嘘の壁を打ち破るのが、文学の仕事だ。
なぜなら、その壁の向こうにこそ、往々、

表現に値するだけの人間の真実が隠されているからだ。

つまり、文学の最も重要な使命は、
俗世間では当たり障りのある人間の真実を、
文字で表現することなのだ。
すなわち、人間の真実を表現するためなら、
俗世間にも敢然と盾突くことなのだ。

俗世間の気に入るようなことばかり書き連ねているだけでは、
決して本ものの文学にはならないだろう。
文学は、所詮、捨て身技なのだから。

（二十一年九月二日）

芸術の秋

青い空には白い雲、
黄金《こがね》の稲田にそよぐ風、
蓮の花には赤とんぼ、
なぜかぴったり合っている。
似合いの対だ、君たちは。
いつまで見ても見飽きない、
美しい絵だ。芸術だ。
心も眼《まなこ》も洗われる、
自然のすてきな作品だ。

（二十一年九月四日）

心の免疫性

心が純粋であることは、果たしていいことだろうか。
周囲も純粋であるならいざ知らず、
この不純さに満ち満ちた人間の世の中を生きていく上で、
心が完全に純粋であることは、本当にいいことなのだろうか。

心が完全に純粋であるということは、
心が無菌状態にあるということだ。
つまり、心の免疫性が皆無だということだ。
そういう心は、不純さという名の病菌に、
かえって冒され易いのではないだろうか。
病み易いのではないだろうか。

体が病菌に冒されないために予防接種をするように、
心にも、その健康を維持するための予防接種が、
必要なのではないだろうか。
きれい事だけで子供や若者を教育するのではなく、
人間の世の中の不純な実態を、
彼らの成長に応じて徐々に教えていくことも、
必要なのではないだろうか――

子供や若者が、この不純な世の中に順応して、
不純にたくましく生きていく力を育てるためにではなく、
彼らが、この世の中の不純さに負けないで、
できる限り純粋に、かつたくましく生きていく力を育てるために。

（二十一年九月二十日）

人間が大きくなり過ぎて

人間が大きくなり過ぎて、
世界が小さくなってしまった。
人間が賢くなり過ぎて、
世界が狭くなってしまった。

人間の足が長くなり過ぎて、
どこへでもすぐ行けるようになってしまった。
人間の頭がでっかくなり過ぎて、
何でもすぐ分かるようになってしまった。

あらゆる所が日常の所になり、
あらゆる事が日常の事になってしまった。

つまらないなあ。

昔は知らない所がうんとあった。
昔は分からない事がたんとあった。
だから、いつかはあそこへ行きたいと、
だから、いつかはあれを知りたいと、
昔は思ったものだった。

そういう夢が消えてしまった。
何もかもが現実化してしまった。
つまらないなあ。

世界をもっと広くできないかなあ。
人間をもっと小さくできないかなあ。
人間の賢さも程々の方がいいのになあ。

触れ合い

二条城を見に行く。
二条城の庭園を夫婦で見に行く。
二条城の前は、大勢の人々でごった返している。
入場券を買うために、長い行列が出来ている。
「お城まつり」なのだそうだ。
やっと中に入れても、人、人、人……。

しかし、いくら大勢の人々が集まっても、
彼らは、皆、孤独だ。
互いの間には、何の心の交流もない。

（二十一年九月二十二日）

勿論、それぞれのカップルやグループの中での交流はあるだろうが、
それ以外の交流はほとんどないだろう。
私自身も、そうした群衆の一人なのだ。
群衆の中の孤独をひしひしと感じる私。
大勢の中にいるからこそ、
かえって孤独を痛感させられるのだ。

帰途の地下鉄の車両の中でも、
その種の孤独が支配している。

途中の駅で乗り込んできた、若い母親と女の赤ん坊。
母親は私たち夫婦の向かい側に腰を下ろし、
赤ん坊はこちらを向いて、母親の膝にお座りだ。

私の隣に座っている中年女性が、手にしていた扇子を早速動かして、

赤ん坊の気を惹こうとする。
赤ん坊のすぐ横に座っている初老の男性が、
赤ん坊をさもいとしげにじっと見つめる。
私の妻が、しきりに舌を鳴らして、
赤ん坊を構おうとする。
若い母親も、なんだか嬉しそうだ。

赤ん坊を中心にして、互いに触れ合う人々の心……。
人間は孤独なだけでもないのだ。

（二十一年九月二十四日）

野辺の明暗

刈り田焼く煙煙たし秋の風

畦行《あぜゆ》けば寂しき田にも虫の声
松虫も鈴虫も鳴く彼岸過ぎ
知らぬ間に蟬は鳴かざる木陰かな
曼珠沙華《まんじゅしゃげ》散る花も　また咲く花も

（二十一年九月二十九日）

第二章　枯れ野を行く

（平成二十一年十月――二十二年三月）

砂糖きび

遠い昔の夢を見た。
父と弟、夢に出た。

父がすたすた歩いてた。
少し後れて、僕たちは、
買ってもらった砂糖きび、
兄弟二人で分け合って、
大事に嚙み嚙み、歩いてた。

長くて多くの節があり、
竹思わせる砂糖きび。
次々かじって味わうと、

甘くてえぐい汁が出た。

だんだん短くなっていく、
素朴なおやつ砂糖きび。
今ではどこにも見られない、
昔のおやつ砂糖きび。

父が、僕らを振り返り、
黙ってにこにこ笑ってた。
僕らも、きびを噛みながら、
父にほほえみ返してた。

遠い昔の夢だった。
父と弟の夢だった。

今はこの世にいぬ二人。
言ってみたいな、父《とう》ちゃんと。
呼んでみたいな、◯◯あきと。

（平成二十一年十月一日）

文学者の使命

人間は、誰でも、
世間的に当たり障りのある部分を、
自分の内に必ず持っている。
そして、誰もが、
その部分を世間の目から覆い隠そうとする。
そして、誰もがそうすることで、
世間は成り立っている。

つまり、誰もが、
自分に内在する世間的に都合の悪い部分を互いに隠し合い、
誰もが、（許容しうる範囲で、）
それを互いに暗黙裏に許容し合うことで、
世間は成り立っている。

けれども、人間は、
いつしか、その厳然たる事実をさえも忘れてしまう。
つまり、
自分が世間の目にさらしている当たり障りのない姿は、
世間向けの装われ取り繕われた姿にすぎず、
その下には、
けっこう当たり障りのある部分を潜めている、
という自明の事実を都合よく忘れて、
人間は、つい傲慢になりがちだ。

人間がとかく忘れがちな、
そうした自分の有りのままの姿を、
折に触れて思い出させるのが、
文学の仕事だ。
すなわち、
万人がよそ行《ゆ》きの美装の下に隠している、
世間的に当たり障りのある部分をも、
容赦なく、かつ愛情を持って、明るみに引き出し、
彼らに自分たちの真の姿を再認識させ、
彼らに謙虚な心を取り戻させるのが、
文学者の使命なのだ。

（二十一年十月三日）

唐招提寺参拝

大和路の御寺《みてら》の秋のうららかさ
金木犀《もくせい》もうららかに映ゆ

燦《さん》々と日は降り注ぐ我らにも
鳥にも木にも分け隔てなく

伽藍《がらん》には多くの仏おはします
豊かに茂る木々の陰にも

御《み》仏に手を合はすれば円やかに
なほ円やかになりぬ心が

仏とは何かは知らぬ我なれど
知らずともよし知らずともよし

（二十一年十月十三日）

どちらがほんとの幸せか

悲しいことやつらいこと、
苦しいことや嫌なこと、
何《なん》にもないのが、幸せか。
平穏無事な一生を、
平々凡々たる日々を、
黙って送るが、幸せか。

決まった社会の枠組みに

素直にきちんと納まって、
そこからはみ出ることもなく、
失敗・誤り仕出かさず、
不幸・不運に出くわさず、
他人《ひと》苦しめることもなく、
苦しめられることもなく、
快晴無風の人生を、
太平楽の一生を、
のんびり過ごすが、幸せか。

それとも、苦難にぶつかって、
程よい試練にぶつかって、
試されるのが、幸せか。

たとえ失敗しようとも、

虚心に反省するならば、
それを後日に生かせよう。
たとえ誤り犯そうと、
悪びれないで正すなら、
いろんなことを学べよう。
たとえ不幸に出会おうと、
これに挫けず耐え抜けば、
ものを見る目が広がろう。
たとえ不運が見舞おうと、
良き経験と踏ん張れば、
人を見る目も深まろう。

失敗・誤り仕出かさず、
人をば理解できようか。
不幸・不運に出くわさず、

人生の意味知れようか。

人や社会や物事の
奥や深みが見えないで、
表面だけを撫でさすり、
何にも知らずに人生を
素通りするのが、幸せか。

自らそれを望んだり
求めるわけではないけれど、
人間らしく生きたいと
思うがゆえに、様々な
煩い事に巻き込まれ、
滑って転んで傷ついて、
自他の心の地獄絵を

つぶさに見つめる羽目になり、
人や人生知りながら
生きていくのが、幸せか。

果たして、どちらが幸せか。
どちらがほんとの幸せか。
濃《こく》を尺度とするならば、
どちらにそれが宿るのか。

（二十一年十月十四日）

秋のどか

ありがたや背に熱きほどの日の恵み

日の恵み雀喜び柿笑ふ
柿笑ふ秋桜《はな》も笑うて秋のどか
秋のどか魚《うを》も釣り師も眠げなり

（二十一年十月十六日）

いとしき命

金木犀《せい》の漂はす
香り求めてさまよへば、
何事ならむと怪しまる。
世の人々に怪しまる。

やうやく出会へる黄金《きん》の花。
花に顔をば近づけて、
やをら香りを吸い込めば、
そのさまを見て、世人《ひと》笑ふ。

花の香りを追ふことは、
生く喜びを探すこと。
花の香りを嗅ぐことは、
花の命を愛《め》づること。
喜び探すが怪しきか。
命愛づるがをかしきか。

花いとほしむ心とは、
人いとほしむ心なり。
人いとほしむ心とは、

花いとほしむ心なり。
花と人とは別ならず。
いづれもいとしき命なり。

（二十一年十月十八日）

友達

気持ちがいいね、秋の日は。
小鳥が鳴くよ。虫も鳴く。
風がそよそよ吹いている。
雲がぽっかり浮かんでる。
お日さま、にこにこ笑ってる。
子猫があくびしているよ。
みんな、私の友達だ。

あったかいなあ、秋の日は。
心が溶けてしまいそう。

優しくなるね、秋の日は。
金木犀《せい》がいい香り。
コスモスの花がきれいだな。
のんびり歩く田舎道。
栗の木陰で一休み。
木《こ》の葉が語りかけてくる。
みんな、大事な友達だ。
のどやかだなあ、秋の日は。
心がゆったりしてきたよ。

センチになるね、秋の日は。
さやかに晴れた今日の空。

故郷の空にそっくりだ。
今から六十年前の
思い出映すスクリーン。
いろんなことがあったっけ。
みんな、それらは友達だ。
懐かしいなあ、秋の日は。
なんだか涙が出てきそう。

（二十一年十月十九日）

帰郷

朝まだき一番風呂に跳び込めり
伊予の松山　道後の定宿《やど》で

古里も時代と共に変はりたり
昔を偲《しの》ぶよすがはいづこ

新川《しんかは》の渚《なぎさ》を妻と歩む我
波の響きは今も変はらず

情《じゃう》深く聞き上手なる我が妻に
昔を語る　海見つめつつ

青を背に桜葉《さくらば》の紅《べに》映ゆるなり
今ぞたけなは城山の秋

秋空に高くたたずむ天守閣
亡父《ちち》と来《き》し日を今思ひ出《い》づ

のどかなり城と温泉《ゆ》の町松山は
俳諧の町　文雅なる町

温かく明るき町を去りかねて
駅の日溜まり行《ゆ》きつ戻りつ

（二十一年十月三十日）

いたずら坊主

今年の十月中旬に
一歳《ひとつ》になった初孫《うい》は、
お湯に入るの大好きで、
子煩悩な父親と
風呂に漬かって大はしゃぎ。

そこから出ても御機嫌で、
生まれたまんまの格好で、
畳や廊下を這《は》い回る。

こらこら待てと我が妻が、
ふざけて孫の後追うと、
いたずら坊主は、きゃあきゃあと
無邪気な笑い声上げて、
あちらこちらに逃げ回る。
歩けもせぬに四つ足で、
自在に素早く逃げ回る。
それ見て妻があきれ顔。
まるで蛙とあきれ声。

幸せそうな祖母・孫の

就寝前の駆けっこに、
家族みんなが笑ってる。
この子がこのまま育つよう、
明るく元気に育つよう、
家族みんなが願ってる。

（二十一年十一月三日）

神の目

他人の粗《あら》はよく見えるのに、
自分の粗はなかなか見えない。
他人の欠点は容赦なく攻撃するくせに、
同じ欠点を自分が持っていても、知らぬ顔だ。
我々人間のこの度し難い自己本位な態度は、

いったいどこから来ているのだろうか。

ひょっとすると、我々の目が外向きに出来ていて、
内向きには作られていないことと、
関係があるのではなかろうか。
自分の外側の世界を見るのに好都合に出来ていて、
自分の内側の世界を覗《のぞ》き易い構造にはなっていないことと、
関係があるのではなかろうか。
つまり、他の動物を襲ったり、
他の動物から身を守ったりするために、
具合よく出来ていて、
自分の非を責めたりとがめたりするためには、
甚だ不便な作りになっていることと、
深い関係があるのではなかろうか。

人間以外の動物の目には、恐らく、
自分を批判的に見る能力は備わっていまい。
そんな能力は、弱肉強食の世界には不必要だからだ。
否、むしろ、生存の妨げになるだけだからだ。
動物の本能が、そうした余計な能力を排除するのだろう。
動物の世界は、本来、自己本位の世界なのだ。

我々人間の目も、原始の時代には、あくまでも、
弱肉強食の世界を生き抜くための
道具の一つにすぎなかったはずだ。
我々が、とかく他人に厳しく、自分に甘くなりがちなのも、
その名残なのだろう。

けれども、人間がその目を自らの内側に向け始めた時から、
人間は、他の動物とは異なる存在になっていったのだ。

倫理や道徳の世界に開眼し、
弱肉強食の世界から脱却して、
高等生物の道を歩み始めることになったのだ。

逆に言えば、もし我々が人間らしく生きたいと願うなら、
自分を厳しく見つめる目を持たなければならない、ということだ。
こうした「心の目」こそ、
言わば「内なる神の目」にほかなるまい、
と私は思うのだ。

（二十一年十一月五日）

晩秋の友情

赤く色づいた木《こ》の葉が、そよ風が吹くたびに、

友と僕にそっとささやく――
晩秋だよ、晩秋だよ、と。
黄色く染まった木の葉も、そよ風に揺られながら、
僕たちの耳にそっとささやく――
晩秋だよ、晩秋だよ、と。

晩秋なんだなあ、やっぱり。
空が遠いもんなあ。
風が冷たいもんなあ。
なんだか寂しいもんなあ。
古傷が痛むもんなあ。
古傷を誰かにさらしてみたくなるもんなあ。

おや、君もそうかい。
もし君が自分の古傷をこの僕にさらけ出したいのなら、

そうすることで君の心が少しでも楽になるのなら、
幾らでも見せてもらうよ。
晩秋だからね。
旧友だからね。
遠慮は要らないさ。

けれど、批判もしない代わりに、
安易な同調もしないよ。
ただ、じっと耳を傾けて、
君の痛みを理解しようと努めるだけだよ。
君の話だけを聴いて、
単純に君の肩を持つわけにはいかないからね。
他の当事者の話も聴いてみなければ、
公平な判断はできないからね。

だけど、君が過去においてひどく苦しみ、
今も苦しみ続けていることだけは、
僕にも分かる。
その苦しみを僕なりに、
できるだけ深く理解したい、と思うんだ。

僕にはそれくらいのことしかできないけれど、
それでいいかい？
それでいいだろ？

（二十一年十一月九日）

下半身考

人間は、上半身と下半身から成っている。

そして、この両者は、相互に密接に関連している。
だから、この両者を注意深く観察しなければ、
人間を理解することはできない。
上半身だけでなく、下半身をもしっかり見つめなければ、
人間を正しく理解することはできないのだ。

それなのに、我々は、
とかく人間の上半身だけに目を向けて、
その下半身からは目を逸《そ》らせがちだ。
少なくとも、そんなふりをしがちだ――
本当は、大いに興味があるくせに。

なぜだろう。なぜ我々は、
人間の下半身を直視することをはばかる――
もしくは、はばかるふりをする――

のだろう。
人間の下半身に対する不当な偏見とか、
周囲の人々の目を意識した偽善的な気取りとかが、
働くのではないだろうか。

人間の下半身をも虚心に直視しなければ――
興味本位の卑俗な目で覗《のぞ》き見るのではなく、
人間を理解しようとする真摯な目で直視しなければ――、
それを正しく理解することはできない。
人間の下半身を正しく理解できなければ、
人間を正しく理解することはできない。
他人はおろか、自分を正しく理解することさえも、
決してできはしないのだ。

（二十一年十一月十一日）

我が家の天狗

家《うち》にも洗面台がある。
顔やら手やら洗う台。
そこで蛇口に向かう都度、
天狗を連想する私。

顔は赤くはないけれど、
大きな目玉が二つあり、
そのすぐ下に長い鼻。
おちょぼ口まで付いている。

青い目玉がはまってる
左の目からは、水が出る。

それを捻ると、ジャージャーと
太い鼻から水が出る。

赤い目玉がはまってる
右の目からは、お湯が出る。
それを回すと、ドクドクと
太い鼻からお湯が出る。

洟《はな》垂れ小僧の大天狗。
洟は流れてどこへ行く。
丸くすぼめた口の中。
・・・・
ひょっとこみたいな口の中。

見れば見るほど天狗さん。
それもおどけた天狗さん。

なんだかおかしくなってくる。
思わず独りで笑ってる。

（二十一年十二月二十八日）

つながれ猫

朝の散歩に出てみると、
歩道に猫が座ってる。
日光浴でもしてるのか、
近づく僕から逃げもせず、
あっちへ行けと鳴きもせず、
こちらを見ながら座ってる。

首に首輪が付いている。

首輪に紐《ひも》が付いている。
つながれている、この紐で。
飼い犬みたいに、この紐で。
確かに、この家《や》の飼い猫だ。

確かにこの家の猫だけど、
つながれ猫は珍しい。
猫なら嫌がるはずなのに、
この猫平《へい》に限っては、
別に嫌がるふうもなく、
つながれている、おとなしく。
つながれている、愛らしく。

ほんとに、猫も色々だ。
その飼い方も色々だ。

いろいろあって当然だ。
いろいろあるのが面白い。

（二十一年十二月二十八日）

六十七度目の誕生日に

平成二十二年一月二日。
今日は、私の誕生日なんです。
満六十七歳になりました。
れっきとした老人ですね。
現役を退いてから、もう五年近く経ちました。
早いものです。
ついこの間まで、多忙な現役生活を、
あくせくと送っていたような気がするのですが……。

これからの目標ですか？
特にありませんが、これからも、
元気にあちこち歩き回れればいいな、
と思います。
いろんな所へ足を伸ばしてみたい、
と思っています――
ぽかぽかとあったかい所へだけではなく。

今日も、西風が強くて寒いですね。
でも、いいんです。
それまでは、冬になると
しょっちゅう風邪を引いていた私が、
退職後、西風の中を歩き回り始めてから、
めったに風邪を引かなくなったんですから。

たぶん、呼吸器が鍛えられたんでしょう。
強い西風は、呼吸器だけでなく全身を、
全身だけでなく心までも、
しゃんと引き締めてくれます。
それに、強い西風は、
おてんとさまがどんなにありがたい存在かを、
何よりも鮮明に教えてくれます。

と申しても、日陰の道を歩くのも、
決して嫌いじゃありません。
日向の道だけを歩いても、精々、
人生の半分を分かったことにしかなりませんから。
私は、人生を知りたいんです。
人生の全体像を知りたいんです――
この年になってもね。

とりわけ、物陰に潜んでいるものや、
暗闇に隠れているものに、
いたく興味をそそられます。

けれども、おてんとさまの目を逃れて、
物陰や暗闇に跋扈《ばっこ》する、
悪や罪に染まりたいんじゃありません。
悪や罪に染まりたくないからこそ、
悪や罪の正体をしっかりと見極めておきたいんです。
人間の弱さや頼りなさをしっかりと把握することで、
自分を戒めたいんですよ。

でも、やっぱり、
おてんとさまがにこにこ笑っていらっしゃる、
明るくてあったかい道が、いいですね。

文句なしにいいですね。

というわけで、これからもいろんな道を歩いて、
いろんなものを見せてもらって、
そうすることで心に生じた種々のざわめきを、
つたない詩に表現していきたい、
とぼんやり思ってるんですよ。

（平成二十二年一月二日）

不都合な真実

世人は真実を愛する、と俗に言う。
真実——なんという美しい言葉だろう。
誰も逆らうことができない、

万能の魔力を持った言葉のように思える。

しかし、実際には、
すべての真実が世人に愛されるわけではない。
世人に愛される真実は、
見て快く、聞いて快く、知って快い真実に――
つまり、世人にとって都合の良い真実に――、
限られている。

不愉快な真実は――
すなわち、世人が見たくも聞きたくも知りたくもない、
不都合な真実は――
例えば、「人間の本性《せい》は善と悪だ」というような真実は――、
世人には愛されない。
それは、世人が、

その種の真実とまともに向き合うことによって生じる
深刻な苦痛やストレスから、
自分の心身を守ろうとする、
一種の自衛本能の表れなのかもしれない。

そうした真実は、
日の当たらない社会の穴蔵に押し込められ、
これに代わって、
何人にも快い嘘が――
例えば、「人間の本性は善だ」というような嘘が――、
世の中を闊歩することになるのだ。

それが、「社会を暗くしないための嘘」だと
知っている人は、いい。
別に問題はないだろう。

けれども、それを真《ま》に受けてしまった人にとっては——
特に、心の未成熟な若い人にそういう人が多い、
と思われるが——、
この嘘の弊害は大きい。
嘘の土台の上には、
誤った人間観や誤った人生観しか
構築できないのだから。

したがって、仮に世人に愛されない真実でも——
例えば、「人間の本性は善と悪から成っている」
というような真実でも——、
あえて世人の前に大胆に提示することが必要だ。

たとえ世人に嫌われても、
それをするのが、文学者の務めであり、

それが許されるのが、文学の世界なのだ。

（二十二年一月十一日）

視野狭窄

心はころころ変わるから、
一見、自由に見えるけど、
なんの、自由であるものか。
どういうわけか、この世には、
心を捉えようとする
種々様々な枠がある。

虚心に生きること望み、
捉われまいと努めても、

至難の業と言うべきか、
たいてい、人は捉われる。
思わず何かに捉われて、
いつしか視野が狭くなる。

心の視野を塞ぐもの――
例を幾つか挙げようか。
噂話や流言や
悪口《わるくち》・陰口・告げ口も、
短絡的に真《ま》に受けりゃ、
心の視野が狭くなる。

自分の心が生み出した、
誤解・偏見・妄想や
憎悪や嫌悪や反感も、

また、その逆の感情の
愛や好意の類までも、
心の視野を狭くする。

主義や信念・信条も、
あまりに信じ過ぎるなら、
自分の心硬《こわ》ばらせ、
公平心を損なって、
広い心を失って、
他者を見る目を狭めがち。

まして神への信仰は、
よくよく自戒に努めねば、
自分と同じ信仰を
持たぬ他者への寛容を

欠いた見方に溺れがち。
人と見る目を忘れがち。

社会の制度や慣習や
その通念や常識も、
往々、視野を固定する
窮屈極まる枠となる。
その枠外の物事を
隠してしまう幕となる。

教育とても同じこと。
度量の広い教育は
広い心を育むが、
度量の狭い教育の
枠にはまった心には、

広い世界が見えはせぬ。

以上のごとく、この世には、
視野を狭める諸《もろ》々の
枠の類いがあふれてる。
なのに、多くが気づかない。
自分の心の目に映る
世界の狭さに、気づかない。

枠には枠の意味があり、
すべてを否定はできないが、
枠を枠だと知ることが、
とても大事なことだろう。
枠を枠だと分からねば、
枠の支配を抜けられぬ。

もともと視野が狭いから、
捉われるのか、枠組みに。
それとも、そうした枠組みに
捉われるから、狭いのか。
いったいどちらが原因で、
どちらが結果なのだろう。

たとえどちらが原因で、
どちらが結果であろうとも、
ものが見えなきゃ、しょうがない。
正しく見えなきゃ、しょうがない。
捉われないで見て通す
目で見なくっちゃ、しょうがない。

（二十二年一月十四日――十五日）

風が笑って逃げていく

風が激しく吹きつける。
刺すように冷たい寒《かん》の風だ。
風がたたく。
風が切る。
風が突く。
あっ、痛い！
とっさに目をつむる。

うーん、風め、風め、風め！
思わず、むきになって風をにらみつける。……
やがて、そんな自分がおかしくなって、
小さく笑い出してしまう私。

そんな私の耳元で、「うふふ」と風が笑う。
風が笑って逃げていく。

（二十二年一月十六日）

冬の日差し

我はなど　かくも日差しに惹かるるか
枯れ野を照らす冬の日差しに

日を見つむ　また日を見つむ　また見つむ
あくまで見つむ暖かき日を

朝の日を浴びて匂へる冬の精
汝《な》も日を愛《め》づや蠟梅《らふばい》の花

水鳥が群るる池面《も》の薄氷《うすごほり》
冬の日差しをのどけく見上ぐ

（二十二年一月十七日）

枯れ野を行く

人間、ただ一人、無人の枯れ野を行《ゆ》く。
信じることもなく、信じられることもなく、
信じられることもなく、信じることもなく、
その努力ばかりがただ空回りする、
心の枯れ野を。

何人いても他人。

どんなに親しくても他人。
厚い壁の向こうの人。

孤独から脱出できたと、
連帯を確保できたと、
幸福な安堵に浸ることはあっても、
所詮、いつかは覚める幻想。
束の間の幻想。
その幻想から覚めた後《あと》の荒涼感！

この世は枯れ野。
頼りない自分しか頼るもののない、
荒涼たる枯れ野。
ああ！

（二十二年一月二十日）

和解

信じてもらえず横向いた
私の心は、冬の空。
鉛の雲に覆われた、
薄日も差さぬ闇の空。

信じてくれようとくれまいと
構うものか、と力んでも、
信じてくれぬ女房《にょうぼ》など
信じてやるか、と気負っても、
信じ合わねば安らげぬ。
生きる意味さえ目に見えぬ。

さんざん迷ったその揚げ句、
閉まったドアの前に立ち、
心のドアをたたいたら、
相手もそれを待っていた。

ドアを挟んで向かい合い、
口籠もりつつ吃《ども》りつつ、
心の真実伝えたら、
相手もそれを待っていた。

開いたドアの中に入《い》り、
思い切って手を伸べて、
和解の握手求めたら、
相手もそれを待っていた。

孤独と孤独が触れ合って、
小さな小さな音がした。
心と心が解け合って、
涙が出そうな音がした。

（二十二年一月二十二日）

顕微鏡

文学者の目は、言わば、
人間の心を覗《のぞ》く顕微鏡だ。

実験室の顕微鏡が、
人間の肉眼には見えない、
自然界の微生物の像を拡大して、

万人の目に可視化するように、
文学者の目は、その目でしか捉ええない、
人間の心の中の微妙な動きや陰影とそれらの意味を、
万人の目に見えるように拡大してみせる。

（二十二年一月二十八日）

若さ

若さは狭さに通じ、
狭さはひた向きさに通じる。

ひた向きさは、
善と結びついたとき、往々、大善を成し、
悪と結びついたとき、往々、大悪を成す。

ゆえに、若さは、
この上なく頼もしくもあり、
この上なく恐ろしくもある。

しかも、若さは、その狭さゆえに、
悪を善と思い誤ることが、
決して稀ではない。

その場合、
若さは、ただひた向きに悪を行う。
徹底的に悪を行う。

ゆえに、若さは、
この上なく危ういのだ。

春の陰影

我が庭の一番咲きの梅の花
淡き香りのすがしさを愛《め》づ

春風に身をなぶらする枯れ草の
上にも注ぐ　日は惜しみなく

春の空のどけき雲の描く絵は
児戯に似たるも安らぎぞ満つ

（二十二年二月十九日）

春めけば人の命のときめきて
心ざわめく　この老いの身も

よみがへる春の命の理《ことわり》か
レジの娘も艶に息づく

（二十二年二月二十二日）

あわわあわわ

梅の、小梅の花びらが、
あわわあわわになっちゃった。
いつの間にやら満開で、
あわわあわわになっちゃった。

一輪ずつなら花びらに、
五分が咲いても花びらに、
きれいな花に見えるけど、
いっぱい咲くと泡みたい。

枝全体が盛り上がり、
幹全体が盛り上がり、
あわわあわわの泡の山。
あわわあわあわ、あわあわわ……

桜の花は、満開で
あわわあわわになるけれど、
梅もあわわだ。あわあわだ。
きれいな泡のあわあわだ。

（二十二年三月八日）

孤愁

肌合はせ心合はせて夫婦《めをと》なり
合はせ損ねて天をば仰ぐ

仰げども雲に阻まれ日は見えず
凧は空しく胸吹き抜けぬ

行《ゆ》き違ふ二つの心　合はせかね
花求むれど吹き散らす凧

（二十二年三月十五日）

倫理と試練

過酷な試練によって、
ごまかしの利かないぎりぎりのところまで
自分を試されたことが、
いまだかつてない人間に、
人間の正味の姿を知ることなど、
どうしてできるだろうか。
平凡な日常的状況の中で
気楽に生きてきた人間が、
そんな自分の姿をいくら見つめても、
人間の掛け値のない
有りのままの姿を知ることなど、
到底できはしないだろう。

そして、人間の有りのままの姿を知らないなら、
人間のあるべき姿を知ることなど、
どうしてできるだろうか。

人生の厳しい試練に
一度もさらされたことのない人間が、
ただ観念的にのみ構築した倫理など、
果たして真の倫理と言えるだろうか。
恐らくは、無知と無経験に立脚した、
空疎なきれい事でしかないだろう。
人間の虚飾も偽装も
容赦なく剝ぎ取ってしまう仮借ない状況に、
一旦自分が置かれたとき、
そんな倫理を毅然として守り通せる人間が、
いったいどれだけいるだろうか。

素っ裸の自分と
否応《いや》なく向き合わざるをえない状況下で、
我が身の弱さや卑しさや頼りなさを
嫌と言うほど思い知らされた人間だけが、
人間のあるべき姿を語る資格を
有するのではなかろうか。
そうした諸《もろ》々の欠陥を
生まれながらに背負わされた、
人間という存在の深い悲しみを、
我が事として温かく理解できる人間だけが、
人間の倫理を説くことを
許されるのではなかろうか。

(二十二年三月十七日)

清濁併存

清濁併せ呑むタイプの人物に対して、
私たちがなんとなく親愛感や安心感を覚えるのは、
なぜだろう。
ちょっと考えると、
清を愛し濁を憎むタイプの人物の方が、
ずっと好ましいような気がするのだが……。

ひょっとすると、私たちは、
自分が、清の要素だけでなく、
濁の要素をも内在させていることを、
薄々にせよ、
自覚しているのではなかろうか。

そして、そんな自分をそのまま
鷹揚《おうよう》に受け入れてくれそうな、
懐の深い人物の中に、
温かい人間味を感じて、
ほっとするのではなかろうか。

逆に、清濁の区別に過度に厳格な人物に対しては、
私たちは、無意識のうちにも、
自分とは基本的に相容れない、
不自然で異質な人物——
例えば、人間らしい血の通わない冷徹な機械人間——
のように直感して、
本能的に警戒するのではないだろうか。
自分の不純さを
仮借なく追及されそうな気がして、

恐れ、かつ敬遠するのではないだろうか。

（二十二年三月十九日）

孤独論

人間は孤独だ。
たとえ家族に囲まれていても、
たとえ仲間に取り巻かれていても、
人間は、本質的に孤独だ。

無論、家族の団欒《らん》の中で
孤独を一時的に忘れることは、できよう。
あるいは、仲間との交流の中で
孤独をある程度紛らされることも、ありえよう。

しかし、自分以外の誰にも、
自分の悩みを完全に理解してもらうことはできないし、
また、自分以外の誰にも、
自分の苦しみを完全に分かち合ってもらうことはできない。
人間は、皆、根本のところでは、
自分独りで自分の苦しみや悩みと向き合い、
自分独りで耐えていくしかない。
人間は、本質的に孤独なのだ。

では、なぜ人間は、本質的に孤独なのだろうか。
なぜなら、人間は、皆、
自分のために生きているからだ。
自分を中心に生きているからだ。
何事につけ、自分を中心に考え、

自分を中心に行動しているからだ。
自分自身を宇宙の中心に据えているからだ。

他人を中心に生きている人間など、
この世に一人もいはしまい。
たとえ他人のために生きているように見えても、
根本のところでは、誰しも、
自分のために生きているのだ。
もし他人中心に生きている人が本当にいたなら、
その人は決して長生きすることはできないだろう。
人間は、自分中心に生きているからこそ――
つまり、他の誰よりも、まず自分自身を
守ろうとする性質を持っているからこそ
(自分を守ることしか念頭にない、
という意味では、勿論ないが)――、

生存競争の厳しいこの世の中で、
自分の天寿を全うすることも、できるのだ。

人間は、誰しも、究極的には、
自分自身でしかありえず、
他人になり切ることは不可能だ。
だから、他人の心に
自分の心を完全に重ね合わせることはできないし、
完全に重ね合わせることができない以上、
他人の悩みや苦しみを
完全に共有することはできないのだ。

無論、共通の目的を持った、
あるいは、共通の状況に置かれた、
複数の人間が、

相互に激しく心を通わせ合ったり、
相互に濃密な連帯感を抱き合ったりすることは、
当然、ありえよう。

しかし、それらの人々も、
共通の目的や共通の状況以外の点では、
孤独だ。
更に、共通の目的が達成されたり、
共通の状況が解消されたりした後《あと》は、
再び全き孤独に立ち戻るほかはない。

人間は孤独だ。
私も孤独だ。

否、前述のような意味では、

犬だって猫だって牛だって馬だって、
虎だって豹だって熊だって猪だって、
この世の生きとし生けるものは、
例外なく孤独であるに違いない。
ただ、人間以外の生き物は、
人間ほど孤独を深く考えない、
というだけのことだろう。

（二十二年三月二十六日——二十七日）

孫の手

我が孫は笑顔の多き男《を》の子なり
まとひつく手のこの温かさ

皿洗ふ我に抱きつく孫の腕
我にまとふはただ汝《なれ》のみぞ
もの言ひえぬ一歳半の稚児なれど
愛の在りかは疾《と》く知りたるか

（二十二年三月二十八日）

三月の雪

三月末《すえ》に雪かいな。
季節外れもええとこじゃ。
せっかく咲いたムスカリも、
今が盛りの水仙も、
震え上がってしもたがな。

白木蓮や連翹《ぎょう》の
きれいな花も、かじかんで、
ぶるぶる震えとったがな。
牡丹の蕾《つぼみ》も柿の芽も、
やっと形になりかけた
小さな小さな枇杷《びわ》の実も、
恨めしそうに空見上げ、
寒い、寒いと言うとった。

比良のお山も雪化粧。
いかにも寒げなお姿じゃ。
チューリップまで、咲きかけた
大きな花を閉じてもた。
なにやらおかしなこの天気。
今頃なんで雪降らす。

ちらちら降るな、お雪さん。
みんなが首を長《なご》うして
春を待っとるこの時季に、
降ったらあかん、と知らんのか。
カーカー鴉の母さんも、
ホーホーホケキョの姉さんも、
寒い、寒いと鳴いとった。

わしの心も冷えてもた。
あんなに浮かれとったのに。
エイコラ、やけのやんぱちで、
熱い酒でも飲んだろか。

(二十二年三月三十日)

第三章　仮面劇場

（平成二十二年四月――九月）

幸せ桜

きれいだ、きれいだ、桜さん。
とても、とってもきれいだよ。
だから、惹かれて来るんだね／
だから、慕って来るんだね——
鳥やら蜂やら風やらが。

きれいな、きれいな桜さん。
すごく、すっごくきれいだよ。
だから、見上げているんだね／
だから、羨んでるんだね——
菫《すみれ》も蓮華《れんげ》もたんぽぽも。

人も見上げて笑ってる。
大人も子供も笑ってる。
みんな、好きだと言っている。
僕も、好きだと言っちゃおか。
勇気を出して言っちゃおか。

女の人に言うようで、
なんだか恥ずかしいけれど、
大好きだよって言っちゃおか。
じっと見つめているだけで
幸せだよ、って言っちゃおか。

（平成二十二年四月六日）

悪の自覚

悪は、万人の心に内在している――
少なくとも、
悪を働く可能性は万人が秘めている、
という意味で。

けれども、自分に内在する悪を、
万人がきちんと自覚しているわけではない。

自分に内在する悪をきちんと自覚した上で、
その自覚を自分の人生に生かせる人は、
深い人だ。
その人は、決して、

正義をやみくもに振りかざしたりはしない。
自分も、また、
内なる悪を完全に抹消することなど到底できないことを、
十分にわきまえているからだ。

しかし、反面、
その悪を適度に抑制するすべは、
ちゃんと心得ている。
自分の悪を率直に自覚しているからこそ、
これをうまく調節することもできるのだ。
したがって、その人は、
自分の悪を決して暴走させることはない。

自分を全き善と信じて、
自分の悪にいささかも気づかない人は、

他人の悪に対して過酷になりがちだ。
正義の御旗《み》を振り立てて、
非情の道をつい暴走しがちとなる——
その御旗の裏面に潜む、
自分の無知と非人間性に気づかないで。

（二十二年四月七日）

和合

春は命の季節なり。
命弾《はじ》くる季節なり。
命弾けて花となる。
花と弾けて我を呼ぶ。

我も、心の戸を開き、
光あふるる春の園、
胸躍らせてさすらへば、
菫《すみれ》・たんぽぽ・沈丁花《ぢんちゃうげ》・
椿《つばき》・木蓮・桃・桜……
花、皆、我に笑みかけて、
我が接吻《くちづけ》を求めたり。

花は、その木やその草の
命の燃ゆる姿なり。
この上もなく美しき、
命の燃ゆる証《あかし》なり。

花いとほしむ我なれば、
花の優しき呼びかけに、

老いの命をたぎらせて、
その花びらに頰寄せて、
愛の言葉を漏らしつつ、
いとしき花と溶け合ひぬ。
命の精と結ばれぬ。

（二十二年四月十二日）

夢の恋路

はらはらと落つる花びら花の舞
惜しむ心を汝《なれ》は知らずや

慕ひ寄る我に構はず散る花に
はかなき恋をふと思ひ出《い》づ

正に今泣かむと欲する春の空
恋の切なさ汝《な》も知りたるか
花好くも女《ひと》を恋ふるもすべて夢
我《わ》がたどれるは夢の恋路か

（二十二年四月十三日）

私の努力目標

小さな枠の中に行儀よく納まり、小心翼々として生きるのではなく、自分の可能性を様々に試しながら、できるだけ自由に伸び伸びと生きること。

いかなる場合にも、
自分の良心の声に必ず耳を傾け、
決して人の道を踏み外さないこと。

これらの二つの命題を、
自分の心の中で円満に調和・両立させ、
かつ、それを自分の行動に反映させていくこと。

以上の三か条が、
私の生き方の基本的な指針だ。
私の生涯を通しての、
重たい努力目標だ。

（二十二年四月十四日）

阿蘇の噴煙

竹田《た》なる古城の跡の石垣は
昔の人の夢の名残か

苔むせる石は静かに眠れども
今は若葉と鶯《うぐひす》の時季《とき》

楽聖の旧居に掛かる表札は
明治の人の影を宿せり

巨大なる仏の並び思はする
夜明けの前のくぢゅう連山

怖々《こはごは》と覗《のぞ》く火口のすさまじさ
その噴煙を吹きちぎる風

牛が鳴き菜の花香る春の道
妻とたどりつ阿蘇仰ぎつつ

釈迦牟尼《しゃかむに》の涅槃《ねはん》の像と言はれたる
阿蘇の五岳《がく》を飽かず眺むる

高千穂の峡谷《たに》は自然の彫刻か
神が描ける美しき絵か

高千穂の社に向かふ峡谷の道
いとひ合ひつつ妻と上らむ

高千穂の暁《あさ》はせせらぎ・・・・鶏《とり》の声
小雨に煙る高き山々

共に生き共に老いたる我が妻の
旅の寝顔をしみじみと見つ

新緑を霧が包める五ヶ瀬川
幻想誘ふ所々の架け橋

（二十二年四月二十一日）

同窓会に思う

小学校・中学校・高等学校を通して、
親しい学友だった君。

その君が、僕も同窓会に出ろと言う。
なぜ頑なに同窓会に出ないのか、と言う。
ひとかどの者になれなかったのが恥ずかしいのかと、
痛いことを言う。
昔の友が懐かしくはないのかと、
きついことを言う。

懐かしいさ。懐かしいとも。
恩師も友垣も、校舎も校庭も、皆、懐かしくてならないよ。
皆、それぞれが、懐かしい思い出と結びついているんだよ。

例えば、あの城山の麓で過ごした
中学校三年間の日々を、
決して忘れたことはないさ。
校門へと続く坂道の両側に立ち並んでいた、

大きな桜の木々。
僕たちが入学したときも、
あの美しい桜の花のトンネルをくぐっていったんだったね。
かつては山城の外郭の一部を成していた
校庭の片隅には、
古色蒼然とした石垣が残っていて、
秋にはあけびが実を結んだりしたっけ。

淡い片思いを何度も経験したのも、あの頃だ。
男たちみんなに人気のあった、
あの大人びた美人上級生には、
僕も、入学した当初から憧れていたよ。
当時は何が何だか分からなかったけれど、
今考えると、あれが、
おませな女の子の清潔な色気というものだったのかなあ。

廊下で擦れ違ったときなど、
胸がきゅっと締めつけられたものさ。

そのほかにも、魅力的な女の子が、
何人も、僕の胸の中を次々に通り抜けていったよ。
お嫁さんに欲しいような女の子が、
いっぱいいいたんだ——
クラスの内にも外にもね。……
何にも言わなかったけどね。
何にも言えなかったけどね。
ただひたすら、
心の中で思い続けていただけだったけどね。
少年の頃の恋って、ほんとに切ないね。
もう十年以上も前になるかなあ。

先祖の墓に参るために故郷に帰った折、
全く久し振りに母校の跡を訪れてみたんだ。
母校は他の中学校と統合されて、
既に別の場所に移転したとかで、
その跡地は柑橘《かんきつ》園へと変貌していたけれど、
かつての校庭の石垣の上にそびえ立つ何本もの松の大木は、
昔とちっとも変わらなかった。
僕は、その木陰にしばらくたたずみ、
秋風にそよぐ松葉の音に感傷をそそられながら、
遠い過去の日々に思いを巡らせたりしたっけ。……
そんなこともあったんだ。

昔のことは懐かしいとも。
懐かし過ぎて泣きたいくらいだよ。
だからこそ、同窓会には出ないんだ。

懐かしい恩師の方々も、
懐かしい学友たちも、
皆、あの懐かしい昔のままの姿で、
大切に心の中にとどめておきたいのさ。
僕が死ぬまで、そのままの姿でね。
大切な、大切な宝ものとしてね。……

君なら分かってくれるだろ?
旧友の君なら分かってくれるだろ?
違うかい?

（二十二年四月二十三日——二十四日）

春が行く

風に吹かれて春が行《ゆ》く。
桜咲かせた春が行く。
夏に追われてどこへ行く。
春を待ってる国へ行く。

風に吹かれて花が散る。
桜、はらはら散り急ぐ。
散って流れてどこへ行く。
春を慕って付いてゆく。

春も桜も去ってゆく。
なんだかとても寂しいな。

一年経ったら、また来いよ。
首長くして待ってるよ。

（二十二年四月二十六日）

私は、独りでいるのがいい

私は、独りでいるのがいい。
誰にも嘘をつく必要がないから。
誰にも無理に同調する必要がないから。

私は、独りでいるのがいい。
くだらない世俗的価値に振り回されずに済むから。
つまらないことで疲れずに済むから。
自分を偽らずに済むから。

私は、独りでいるのがいい。
花や星や鳥や虫の仲間になれるから。
草や木や風や雲と友達になれるから。

けれども、どうしても誰かと付き合わなければならないのなら、
私を少しでも理解しようとしてくれる人々とだけ付き合いたい――
私への無理解と偏見に凝り固まった人々とではなく。

（二十二年四月二十七日）

文学と文学者

文学とは、言わば、池に石を投げ込み、
その水面に波紋を広げようとする行為ではないだろうか。

つまり、読者の心（池）に、
何らかの精神的刺激（石）を加えることによって、
人間や人間社会や人生について、
読者の自主的な思考（波紋）を活発に展開させようとする、
文筆を通しての営為ではないだろうか。

文学者は、まず、
人間とは何か、
人間社会とは何か、
人生とは何か、
といった根本的な疑問を読者に投げかけることだろう。
そして、人間や人間社会や人生の有りのままの姿を、
できる限り正確に読者に提示しようとすることだろう。

更には、

人間はどうあるべきか、
人間社会はどうあるべきか、
人生はどうあるべきか、
といった問題について読者に深く深く考えさせようとするだろう。
そして、その答えを読者自身に探させようとするだろう――
あくまでも、読者自身の心の目で。

文学者は、
自分の主張が読者によって無批判に共鳴されたり、
自分の説が読者によって単純に鵜《う》呑みにされたりすることを、
決して望まないものだ。
まして、自分の思想や信条を読者に押しつけたりすることは、
決してない。
自分の倫理や生き方を読者に無理強いしたりすることは、
絶対にありえない。

文学者にとって、自分は、
読者が物事を考えるための材料やヒントの提供者にすぎない。
自分の作品は、
読者のための参考資料にすぎないのだ。

すなわち、文学者にとっては、
自分や自分の作品が、
読者の自主的な心を深め広げることに少しでも役に立てることが――
読者の主体的な自己の確立にいささかなりとも貢献できることが――、
最大の喜びであるはずなのだ。

真の文学とは、
そして、真の文学者とは、
そういうものではなかろうか。

男と女は違うのだ

男がとかく犯し易い過ちは、
女も自分と同じような存在だと、
つい思ってしまうことだろう。
女も自分と同じように感じ、考え、生きていると、
無意識のうちに思い込んでしまうことだろう。

女がとかく犯し易い過ちは、
男も自分と同じような存在だと、
つい思ってしまうことだろう。
男も自分と同じように感じ、考え、生きていると、

(二十二年四月二十八日)

無意識のうちに思い込んでしまうことだろう。

男も女もとかく犯し易い過ちは、
どちらも、
自分の基準で相手を測ろうとすることだろう。
自分の基準を相手にも当てはめようとすることだろう。

とんでもない過ちだ。
男と女は違うのだ。
体の構造が違うように――
と言うか、体の構造が違うことによって――、
頭の構造も心の構造も違うものになっているのだ。

勿論、男も女も人間だ。
だから、重なり合う部分も決して少なくはないだろう。

けれども、異なる部分もけっこう多いのだ。
感じ方も考え方も生き方も、
全く同一ではありえないのだ。

だからこそ、一方を男と言い、
他方を女と呼ぶのではないか。
男は、所詮、男でしかありえず、
女も、所詮、女でしかありえない。

無論、人間としての社会的権利が、
男女の間で差別されてはならない。
けれども、生物としての男と女は違うのだ。
相当異質な存在なのだ。
ならば、いかに努力し合おうとも、
どうしても理解し合えぬ部分が残ったとて、

決して不思議ではあるまい。

男と女は必ずしも同じではないという事実——
この事実を率直に認め合うことが、
男女の真の融和には不可欠なのではなかろうか。
相互に理解できない部分があることを寛容に受け入れ合うことが、
男女の真の協力関係につながるのではなかろうか——
自分の基準を相手に強引に押しつけるのではなく／
相手の、自分には理解できない部分を、
一方的に否定したり糾弾したりするのではなく。

（二十二年五月七日）

予断と偏見

公園に群れ咲く菫《すみれ》見つむれば
世人怪しみ我を疑ふ

予断とは　げに罪深き仕業なり
幻影《かげ》にうろたへ実体を見ず

偏見の目はそれ自体暴力ぞ
藤の香嗅がば怪しき人か

世間とは　かかるものとは知りながら
苛立つ我は未熟なるかな

（二十二年五月十三日）

流言飛語

生き方や考へ方の違ふ人
恐るる心　幻影を生む

心なき人の妄想　真に受けて
立ち騒ぐ人　触れ回る人

妄想は興味本位に歪《ゆが》められ
俗悪趣味の中傷と化す

人権を声高らかに叫びつつ
他人《ひと》の権利は眼中になし

にわか雨　軒下借れば人々が
汝《なれ》は誰《たれ》ぞと我を怪しむ

公園の花に惹かれて我《わ》が行《ゆ》けば
一つ残らず人影は消ゆ

文学の心も言《こと》もわきまへぬ
憂き世に　もはや言ふことはなし

我が怒り　もっともなれど　この憂き世
許す他《た》なしと妻が慰む

乱れたる心抱きて野を行《ゆ》けば
鶯《とり》も野薔薇《ばら》も許すが勝ちと

（二十二年五月二十二日）

妻の海外旅行に臨んで

スペインに旅立つ妻を送りつつ
生きて帰れと　ぽつり一言

我が言葉などか通ぜぬ　この世にて
妻は　またなき理解者なれば

外国は夢にとどめたき　この我は
留守の十日をいかに過ぐさむ

花愛《め》づる妻の笑顔を浮かべつつ
柄杓《ひしゃく》で鉢に水をば注ぐ

（二十二年五月二十八日）

人間、独りじゃつまらない

独りでいれば気が楽だ。
独り歩けば気が楽だ。
独り生きれば気が楽だ。
人間、独りが気が楽だ。

だけど、独りじゃつまらない。
気楽なだけじゃつまらない。
気心知れた連れがいて、
分かり合えなきゃ、つまらない。

独りで寝てもつまらない。

独り飲んでもつまらない。
独りの旅はつまらない。
人間、独りじゃつまらない。

時には独りになりたいが、
いつも独りじゃつまらない。
時には喧嘩する連れも、
やっぱりいなきゃ、つまらない。

（二十二年六月十日）

食の王者

夏の焼き芋、うまいかな？
「焼きましょうか？」と妻が言い、

「うん」と答えはしたものの、
果たしてどんな味だろか?

もともと芋が大好きで、
しょっちゅう焼いてもらうけど、
もともと冬の食い物で、
夏に食うのは初めてだ。

去年の芋なら古過ぎて、
腐った味がせぬだろか?
今年の芋なら若過ぎて、
まずい味ではないだろか?

やがて流れるいい匂い。
こたえられないい香ばしさ。

我が空《す》き腹に染み透る。
きっとうまいぞ、この芋は！

きれいに焼けたその姿。
皮をめくれば真っ黄っ黄。
頬張りゃ舌がとろけそう。
君は王者だ、お芋くん！

（二十二年六月三十日）

女は夢

女は風、爽やかな風、
心の曇り吹き払う風。

女は水、清らかな水、
心の汚《よご》れ洗い流す水。

女は花、鮮やかな花、
心の疲れ忘れさす花。

女は空、大らかな空、
すべてをそっと包み込む空。

女は謎、不可解な謎、
男心を戸惑わす謎。

女は夢、遥かな夢、
一生掛けて追いかける夢。

（二十二年七月四日）

七夕に

七夕の祭りは既に廃れるか
子ある家にも賑はひはなし

その昔幼き吾子《あこ》と集めける
草むらの露　今思ひ出《い》づ

朝露を硯《すずり》に空けて墨を擦り
家族の願ひ記しける日よ

銘々の願ひ込めたる短冊を
笹に結びて星に届けき

人工の星も科学もロケットも
今宵は忘らむ七夕なれば

（二十二年七月八日）

水虫

長雨がいつの間にやら水虫に
化けて這《は》ひずる足の裏かな

水虫も腐れ縁にて友となる
痒《かゆ》みも鈍る老いの坂では

水虫と別れ損ねて五十年
かくなる上は共に墓まで

「嬉」の字考

（二十二年七月十四日）

「嬉《き》」という字を見て考える――
「女が喜ぶ」という意味か、
それとも、
「女を喜ばせる」という意味か、と／
すなわち、
「女自身の喜び」を表す文字なのか、
それとも、
「女を喜ばせる男の喜び」を表す文字なのか、と。

常識的に考えるなら、

たぶん、前者が正しい解釈なのだろう。
けれども、私は、
どちらかと言えば、後者を採りたい。
なぜなら、
「女を喜ばせること」ほど、
男にとって「嬉しいこと」はないからだ。

（二十二年七月十九日）

初孫の訪れ

酔ひどれて　つと寝転べる我が背なに
身を擦り寄する孫のぬくもり

幼子が妻の手料理　頬張りて
回らぬ舌でオイチイと言ふ

家事をする我を慕ふか幼子に
付きまとはれて嬉しき悲鳴

祖父母との別れを惜しむ愁ひ顔
作るを知らぬ　いとほしき顔

父母《ちちはは》は善き人なるぞ初孫《うひ》よ
いとひいとはれ幸せになれ

（二十二年七月二十九日）

山麓の夏

健気やな負けず咲きつる月見草
猪苗代湖の波しぶきにも

童《わらはべ》を波打ち際に遊ばする
若妻たちの脛《はぎ》の白さよ

ひたすらに湖《うみ》と交はる幼子は
正に無心の極致ならずや

しめやかに老いたる夫婦《ふうふ》語らへる
裏磐梯《ばんだい》の朝ぼらけかな

中瀬沼《なかせ》　熊と出会ふを恐るるも
森に惹かれて深く分け入る

曾原湖《そはら》の光と陰と涼風《すずかぜ》は
夏着姿の美女を思はす

森陰の神秘の水に誘《いざな》はれ
五色《しき》の沼を妻と巡れり

をちこちで幼き子供見るごとに
妻と語らふ初孫《うひ》のこと

（二十二年八月八日）

渇望

どこかに落ちていないかな。
いいもの、落ちていないかな。
たまたま、それを見ただけで、
心が軽くなるような、
生きる力が湧くような、
世間が好きになるような、
何かが、落ちていないかな。
どこかに落ちていないかな。

天から落ちてこないかな。
いいもの、落ちてこないかな。
一度触れれば、それだけで、

心が明るくなるような、
人間好《ず》きになるような、
人生、いとしくなるような、
何かが、落ちてこないかな。
天から落ちてこないかな。

ちっちゃな玉でいいのにな。
ちっちゃな花でいいのにな。
ちっちゃな星でいいのにな。
ちっちゃな夢でいいのにな。
みんなで分かち合うのにな。
仲よく分かち合うのにな。

（二十二年八月十三日）

朝顔

窓を開けたら、朝顔が、
お早《はよ》うさんと言うとった。
せわしいじゃろが、咲いたけん、
また見に来て、と言うとった。

近頃、あんまり暑いけん、
ろくろく花も見なんだが、
せっかく咲いてくれたのに、
見ずじまいじゃあ、悪かろう。

日差しがきついが、外に出て
じっくり見んと、いくまいて。

きれいに咲いてくれたなと、
お礼を言わな、いくまいて。

（二十二年八月十八日）

風を待つ

暑さの中で風を待つ。
その通り道で風を待つ。
汗拭きながら風を待つ。

暑さに花も喘いでる。
百日紅《ひゃくじつこう》も喘いでる。
百日紅と風を待つ。

暑さを生かす風を待つ。
夏の苦痛を快楽に
魔法で変える風を待つ。

（二十二年八月二十日）

夏がきらきら光ってる

腕がきらきら光ってる。
指もきらきら光ってる。
汗できらきら光ってる。
まるできれいな宝石だ。
夏がきらきら光ってる。
森がきらきら光ってる。

川もきらきら光ってる。
日差しできらきら光ってる。
まるで地球が宝石だ。
夏がきらきら光ってる。

空がきらきら光ってる。
雲もきらきら光ってる。
みんなきらきら光ってる。
まるで宇宙が宝石だ。
夏がきらきら光ってる。

（二十二年八月二十二日）

酷暑の夏

あっつっつっつ、あっつっつっつ。
朝からなんと暑いこと。
夏が暑いの、当たり前。
だけど、今年は暑過ぎる。

お盆もとっくに過ぎたのに、
高校野球も済んだのに、
八月、もうすぐ終わるのに、
連日、三十五度、六度。
熱帯並みじゃないかいな。
人も家畜も茹《う》だってる。

蟬もとんぼも喘いでる。
南瓜《かぼちゃ》の葉っぱもへたってる。
これで残暑と言えるかえ？

これじゃ、日本が火傷《やけど》する。
これじゃ、地球が火事になる。
あっつっつっつ、あっつっつっつ。

（二十二年八月二十七日）

ほかに仕方がないんだな

まだまだ未熟な私だが、
多少は経験積み重ね、
何度か試練も越えてきた。

若年の頃に比べれば、
少しはましになったろう。

今年六十七歳の
私の心が、もし仮に、
例えば五十年前の
私の心であったなら、
そして、そのまま変わらずに
今日まで生きてこられたら、
私は、もっといい夫、
それから、もっといい父に、
更には、もっといい友に、
恐らくなれていただろう。
教師としても、学生に
もっと優しく温かく、

きっと接していただろう。
きっと周囲の人らとも、
もっと賢く円やかに
交際できていただろう。

過去には、多くの悔いがあり、
更には、あまたの恥があり、
思い出すのもつらいけど、
できることなら、手つかずの
白紙に戻したいけれど、
よくよく考えてみれば、
これで良かったかもしれぬ。

過去には、深い悔いがあり、
更には、恥があればこそ、

今の自分になったのだ。
至らなさをば痛感し、
反省重ねたその結果、
今の自分になれたのだ。
人がのっけの最初から
完全無欠であったなら、
生きる意味などありえまい。
不完全から出発し、
完全目指して歩むのが、
人が生きるということだ。
この目標に少しでも
近づけるよう励むのが、
人が生きるという意味だ。

だから、やっぱりいいいんだな。

やっぱり、これでいいんだな。
過去の悔いやら恥やらを
きっぱり忘れ去らないで、
心に重く受け止めて、
今に生かせばいいんだな。
それよりほかにないんだな。
ほかに仕方がないんだな。

（二十二年九月三日）

美しきもの

常ならぬ残暑厳しき秋の田に
夫婦《めをと》働く仲睦まじく

日陰にて憩へる夫婦優しげに
何を語らふ田を見つめつつ
実りたる黄金《こがね》の海ぞ美しき
仲良き夫婦なほ美しき

（二十二年九月五日）

仮面劇場

多くの人が、人生は
劇場なんだと言うけれど、
私見を言わせてもらうなら、
この世は仮面劇場だ。

この世に生きる人々は、
仮面かぶらにゃ生きられぬ。
窮屈極まる諸々《もろ》の
約束事に縛られて、
素顔や本音は押し隠し、
世間が決めた役割を
演じることしか、許されぬ。
世間体やら体面が
いの一番に幅利かせ、
当たり障りのないように
生きることのみ求められ、
他人《ひと》の前にて正直に
自分をさらすことなどは、
とんでもないと容れられぬ。

そういうわけで、人々が、
白粉《おしろい》べたべた塗りたくり、
筋書きどおりに忠実に
善人演じているうちに、
いつしか習い、性《せい》となり、
仮面が当たり前となる。
偽善が当たり前となる。
人間悪を否定して、
非人間的と責め立てる。

けれども、そんな単純な
性善説で、人間を
正しく理解できようか。
そもそも、我ら人間は、
善悪二面を持っている。

我ら生身の人間は、
みんな、二面を持っている。
善だけでなく、悪もまた、
人間的な面なのだ。

自分の中に隠れ住む
人間悪を抑制し、
その暴発を防ぐには、
その実体を直視して、
それを正しく理解して、
適切な手を打つことが、
肝要なのではあるまいか。

世間体やら体面が
大事な時も、あるだろう。

だけど、真実知ることは、
何にも増して大切だ。
真実知らぬ体面は、
偽善・虚飾になるだけだ。
人の原点知らずして、
どうして正しく歩めよう。
この世を正しく歩めよう。

（二十二年九月八日）

人間性論

人間の本性《せい》は善だ、と言う人がいる。
本当だろうか？
ならば、どうしてこの世は、

各種の悪に満ちあふれているのだろうか？

逆に、人間の本性は悪だ、と言う人がいる。
そうだろうか？
それなら、どうしてこの世は、
諸々《もろ》の善に満ちあふれているのだろうか？

人間の本性は、言わば、
善と悪の両面から成り立っている、
と私は思う。
すべての人間の一人一人の中に、
善と悪の両面があるのだ、
と私は思う。
善い面もあれば、悪い面もある／
善いこともするが、悪いこともする——

少なくとも、その可能性を秘めている——
それが人間だ、
と私は思う。
だからこそ、この世の中は、
善と悪に満ち満ちているのだ、
と私は思う。

例外はありえない。
ただ、個人個人で、
善と悪の構成比率が異なるだけなのだ。
だからこそ、我々は、
自分の内なる善性を伸ばし、
自分の内なる悪性を抑えるように、
絶えず努めなければならないのだ。

と言うより、善も悪も、
その本質は同じものなのだ。
つまり、すべての人間の心に、生来、内在している
種々の本能に基づく種々の欲望――
それが、善と悪の本質なのだ。
人間のそうした欲望が、
合社会的な形で発現すれば、
それは、往々、善となり、
反社会的な形で顕現すれば、
それは、即座に悪となる――
ただ、それだけのことなのだ。

例えば、物欲が、
欲しい物を求めての勤勉な労働という形を取れば、
それは、善となるが、

詐欺や強盗という形を取れば、
たちまち悪となるように。
例えば、性欲が、
幸福な結婚や濃《こま》やかな夫婦愛という形で表れれば、
それは、善となるが、
買春やレイプという形で表れれば、
たちまち悪となるように。

だからこそ、我々人間は、
自らの内なる欲望から目を逸《そ》らせることなく、
それを冷静に直視し、
それが暗い形を取らないように、
それが明るい形で表れるように、
常々、自らの欲望を
厳しくコントロールしなければならないのだ。

少しでも善を増やし、
少しでも悪を減らすように、
常々、努力しなければならないのだ。

（二十二年九月十六日）

世間体

世間体などどうでもいい、とは
私は思わない。
いたずらに世間の神経を逆撫でることが、
いい生き方だ、とは
私は思わない。
世間にあって円満に生きていくためには、
世間体に配慮することも、

ある程度は必要だ。
私だって、そうして生きている。
世間の目を恐れ、世間体を構うことが、
社会秩序の維持に貢献していることも、
紛れもない事実なのだ。

問題なのは、俗世間では、とかく、
世間体が重要視され過ぎることなのだ。
とかく、体裁が尊重され、
その中身がなおざりにされがちなことなのだ。
家庭においても、組織や集団においても、とかく、
世間の手前を取り繕うことばかりが強調されて、
そのために、真実や正義や個人の人権などが、
おろそかにされがちなことなのだ。

やはり、世間体よりは、
真実や正義の方が大切だろう。
家庭や組織や集団の虚名よりは、
個人の人権の方がずっとずっと大切だろう。
世間体には、所詮、第二義的な意味しかないのであって、
もしこれに第一義的な意味を持たせようとするなら、
それは、俗物根性のそしりを免れないだろう。

（二十二年九月二十一日）

子亀の自立

どぶ川を覗《のぞ》けばたまたま見かけたる
幼き亀の自立劇かな

我が後を懸命に追ふ子亀をば
来《く》なと邪険に振り払ふ母
母亀に小首を咬まれ悲しげに
迷ふ子亀ぞ　いといぢらしき
嘆くまじ恨み侘《わ》ぶまじ亀の子よ
汝《なれ》を捨つるも　また愛なれば

（二十二年九月二十二日）

秋の素肌を抱き締める

ああ、秋だ。

青い空にも秋がある。
白い雲にも秋がある。
木々の枝にも秋がある。
蟬の声にも秋がある。
野辺の花にも秋がある。
池の面《おも》にも秋がある。

ガラスのように透明で、
ガラスのようにすがすがしい秋。
ガラスのように寒々しく、
ガラスのようにうら寂しい秋。

刈り田を渡ってくる、
ひんやりとしたそよ風——
そんな風にも、

確かに秋がある。

風が体を寄せてくる。
秋が体を寄せてくる。
暖を求めて寄せてくる。

私も暖を求めてる。
秋の体を抱き寄せる。
秋の素肌を抱き締める。

（二十二年九月二十七日）

第四章　妖梅

（平成二十二年十月——二十三年三月）

彼岸花

彼岸花　彼岸に遅れ咲きぬれど
などてとがめむ　あでやかなれば
彼岸花　待ちかねたるぞ汝《な》が命
炎となりて燃え立つ日をば
彼岸花かくも妖しき紅《くれなゐ》は
汝が潜めつる毒の色かや
彼岸花　汝の別の名を愛《め》づるゆゑ
曼珠沙華《まんじゅしゃげ》よと今ささやかむ

（平成二十二年十月二日）

香り

金木犀《せい》のいい香り。
風に漂う秋の精。
深い愁いが秘められた、
なんとも懐かしい香り。
まるで私を誘うように、
ふっと香って逃げていく。

変幻自在のこの香り。
いくら追っても捕まらぬ。
諦めかけて横向くと、
「ここよ、ここよ」と、また香る。

まるで男を試すよう。

甘く切ない、いい香り。
女のような、いい香り。
そっと「香り」と呼んでみる。

（二十二年十月七日）

誰かの役に立ちたくて

きれいなお庭ですね。
きれいな柿の木ですね。
きれいな実が、たくさん付いてますね。
もう熟れてますね。
あれ、何個も地面に落ちてるじゃありませんか。

採らないんですか。
食べないんですか。
もったいないですね。

余計なことを言ってもいいですか。
せめて一つか二つでも、食べてやったらどうでしょう。
せっかく生《な》っているのに、柿の実がかわいそうですよ。
だって、
誰かに食べてもらいたくて、ここまで熟したんでしょうから。
この世に存在しているものは、みんな、そうなんです。
みんな、誰かの役に立ちたくて存在しているんです。

（二十二年十月十四日）

蒜山高原の秋

妻誘ひサイクリングで秋を訪《と》ふ
蒜山《ひるぜん》の秋と遊ぶや　いたちの子
温かき秋の日差しは落ち葉にも
山裾の煙ものどか秋の里
牛たちも馬たちもゐて秋日和
鳶《とび》が舞ふ大空に舞ふ秋を舞ふ

巻き雲を見上げて揺るぐ薄《すすき》かな
あけびの実　見つけてはしゃぐ夫婦《めをと》して
老いらくの心をつなぐ秋景色

（二十二年十月二十五日）

叫び

詩は、平らかな心からは生まれない。
詩は、満ち足りた心からは生まれない。
詩は、苦悩する心からしか生まれない。
詩は、苦悩の中で必死にあがく心からしか、生まれない。
なぜなら、詩は、
苦悩する心が安らぎを求めて発する、
血を吐くような叫びなのだから。

(二十二年十月二十六日)

大きな木には敵わない

大きな木には敵《かな》わない。
背《せい》の高さで敵わない。
どんなに背伸びしてみても、
木のてっぺんは遥か上。
とても私は敵わない。

大きな木には敵わない。
胴の太さで敵わない。
どんなに大きく見せようと、
木と比べればマッチ棒。
とても私は敵わない。

大きな木には敵わない。
度量の広さで敵わない。
いかなるものも差別せず、
暑けりゃ日陰、降れば傘。
とても私は敵わない。

大きな木には敵わない。
生きる姿勢で敵わない。

風に枝葉は揺らいでも、
根っこはでんと動かない。
とても私は敵わない。

敵わないから憧れる。
大きな木には憧れる。

（二十二年十月二十六日）

芸術論

割り切るるものにさしたる意味はなし
割り切れぬものにまつはる陰影《かげ》にこそ
世の芸術の神は宿れれ

（二十二年十月二十九日）

人とは面白いものだ

人とは面白いものだ。
他の生きものとは異なって、
自分を包む現実に
満足し切ることはない。
金とか地位とか名誉とか、
確かな形持つもので、
真実、足りることはない。
恵まれなければなおのこと、
どんなに恵まれていても、
俗世《せ》の価値では飽き足りず、
もっと豊かな何かをば

絶えず求める生きものだ。
それが何かは分からぬが、
しかとつかめぬ何かをば
求めてやまぬ生きものだ。
つかめぬものであればこそ、
求めなければ生きられぬ、
なんとも不思議な生きものだ。

（二十二年十一月一日）

定かならざるものにこそ

定かなるものに夢むる余地はなし
定かならざるものにこそ
現実超ゆる夢託しうれ

祈り

秋深まれる小夜中《さよなか》に
ふと目が覚めて傍らの
妻の寝顔に見入りたり

誰かの温顔思はする
安らかに眠るその顔に
かすかに浮かぶほほゑみは
子や孫のこと思ひぬる
深き慈愛の表れか
あるいは我と楽しみし

（二十二年十一月一日）

夫婦《めをと》の旅の思ひ出か
共に過ぐせる四十年
悲喜こもごもの年月《としつき》を
今しみじみとたどりつつ
我が身は先に果つれども
老いたる妻の行《ゆ》く末に
穏やかなる日々あれかしと
瞼《まぶた》を閉ぢて祈りたり

（二十二年十一月三日）

憧れ

人は、なぜ山に憧れるのだろうか？

それは、たぶん、山が高いからだろう。
人は、なぜ海に憧れるのだろうか？
それは、たぶん、海が深いからだろう。
人は、なぜ空に憧れるのだろうか？
それは、たぶん、空が広いからだろう。

人は、絶えず、心のどこかで、
高いもの／深いもの／広いもの
を求めている。
社会にも、他人にも、そして自分自身にも、
求めている。

そう。人は、自らも、

高くて深くて広い存在になりたいのだ。
つまり、高さと深さと広さとは、
自分の人生の目標でもあるのだ。

だから、人は、
自分が求めるものの象徴とも言える――
そして、自分の人生の目標の象徴とも言える――、
山や海や空に憧れてやまないのだろう。

（二十二年十一月十五日）

秘願

私は、妻を泣かせたことはない。
だから、妻を泣かせてみたい。

私が生きているうちに泣かせてみたい。
一度でいいから泣かせてみたい。
私の至純のぬくもりで、
ぜひ一度、私の妻を泣かせてみたい。
それが、私の長年の秘めたる願望だ。

（二十二年十一月二十六日）

秋が散る

風が吹く。
北から寒い風が吹く。
木《こ》の葉を枝から引き剝がす。
木の葉が剝がれて舞い上がる。

楓《かえで》の葉っぱが舞い上がる。
銀杏《いちょう》の葉っぱも舞い上がる。
舞い上がっては舞い落ちる。
はらはらはらと舞い落ちる。

赤い葉っぱが散っていく。
黄色い葉っぱも散っていく。
互いに追いかけ合いながら、
互いにもつれ合いながら、
二色の舞を舞うように、
ひらひらひらと散っていく。

秋が散る。
秋が散る。
秋が優雅に散っていく。

秋が切なく散っていく。

（二十二年十一月二十九日）

失敗論

初めて経験することで失敗するのは、
恥ではない。
初めての経験なのだから、
仕方がないだろう。
失敗するのが嫌なら、
最初から何もしなければいいのだ。
けれども、それでは、
いかなる成功をもつかむことはできない。

成功を目指すから、
人は失敗を仕出かすのだ。
失敗を仕出かすからこそ、
人は、そこから様々なことを学び、
それらを究極の成功に結びつけることができるのだ。
否、たとえ成功に結びつけることができなくても、
それらは、きっと、何らかの形で、
その人の人生に役立つだろう。

失敗を仕出かすことは、
決して恥ではない。
むしろ、失敗を恐れて何もしないことが、
恥なのだ。
同じ失敗を繰り返すことが、
恥なのだ。

失敗から何も学ばないことが、
恥なのだ。

（二十二年十二月四日）

文学って何だろう

文学って何だろう。
真の文学って何だろう。
それは、人間や人間社会の
いい加減さを見過ごすことができないで、
その虚偽の厚いヴェールを引き剝がして、
そのみすぼらしい実体を突き止めようとする、
苦しくつらい心の営みのことではないだろうか。
そのみすぼらしい実体の向こうに、

何らかの希望の灯《ひ》を見つけようとしないではいられない、
せっぱ詰まった心の営みのことではないだろうか。

目の前の世界——
今、目の前に見えている世界——
よりも、
もっと高い世界／もっと深い世界／もっと広い世界
が存在することを強く願い、
そんな世界を粘り強く探し求めようとする——
そして、そのささやかな成果を言葉で表現しようとする——、
真摯な心の営みのことではないだろうか。

（二十二年十二月十日）

父と子と

今日は師走の日曜日。
窓を開けると、人道を
親子二人が歩いてる。
小さな子供が先に立ち、
すぐその後を父親が、
息子に合わせ、歩いてる。

息子は小学一、二年。
小さな子供のリュック負い、
やや前屈みに歩いてる。
まだまだ若い父親は、
大きな大人のリュック背負《しょ》い、

やや前屈みに歩いてる。
やっぱり親子だ。よく似てる。
歩く格好《かっこ》がそっくりだ。

朝早く起き、支度して、
どこかへ遠出するのだろ。
どちらも、後ろ姿しか
この窓からは見えないが、
どちらも、歩いているだけで、
ちっとも口を利かないが、
どちらも背中が嬉しげだ。
どちらも足が弾んでる。

いいねえ、坊や。父さんと
二人で楽しむピクニック。

いつもは多忙な父さんも、
今日一日に限っては、
君一人だけの父さんだ。
少し寒いし曇りだし、
上天気ではないけれど、
きっといい日になるだろう。
遊んでおいで、思い切り。
君の心にいつまでも
残るようにね、今日の日が。

（二十二年十二月十二日）

花と向き合う

私は花が好きだ。

妻も花が好きだ。
だから、妻の誕生日には、
必ず花束を贈る。
妻には花束がふさわしい。

私は、花の中に女を見る。
女の美しさを見る。
女の美しさの極致を見る。

私は、花の中に女を見る。
女の優しさを見る。
女の優しさの極致を見る。

私は、花の中に女を見る。
女のいとしさを見る。

女のいとしさの極致を見る。
私は、花と向き合うとき、
たぶん、男として反応しているのだろう。
妻は、花と向き合うとき、
花の中に何を見ているのだろうか?
どんな気持ちで反応しているのだろうか?
いつか妻に尋ねてみたいものだ。

(二十二年十二月二十三日)

ゆっくりしいな、正月はん

スピード出しなや、正月はん。

事故起こしたら大事《おおごと》や。
なんでそないに急ぐんや？
思う女《ひと》でも待っとんか？
雑煮を食うて屠蘇《とそ》飲んで、
神社に詣で散歩して、
賀状読んだら、もう終わり。
あっと言う間に過ぎてもた。
なにをそうまで慌てとる？
ゆっくりしいな、正月はん。

ばたばたせんとき、正月はん。
慌ててええこと、あらへんで。
酒でも飲んでいかへんか？
料理上手な女房の
お節《せち》料理を食わへんか？

せかせかそないに急がんと、
さあさあ炬燵《こたつ》に足入れて、
ぐっと一杯いきなはれ。
なんなら寝てもかまへんで。
ゆっくりしいな、正月はん。

もう帰るんか、正月はん？
会えるんやろか、来年も？
あんたが往《い》んだら、入院や。
わしの主治医《せんせ》は名医やが、
手術に運は付きものや。
腹を切るのは怖いがな。
どなにかなったら、どないひょう？
これが本音やさかいにな、
ゆっくりしてえな、正月はん。

明日が来んかてかめへんで。

（平成二十三年一月三日）

余生を刻む音？

正月早々、入院だ。
生まれて初めて入院だ。
検査、検査の日が続く。
モニターの画面に映し出される、
自分の内臓の生々しさ。
膵《すい》臓の辺りに広がる不気味な影に、
不安が募る。
主治医の行《ゆ》き届いた説明に納得しながらも、
改めて手術と聞くと、

我にもなく声がかすれる。
やっぱり小心者なのだ、私という人間は。
思わず、笑いが込み上げそうになる。

病院に夜が来る。
病室に夜が来る。
九時の消灯。
自宅から持ってきた小さな置き時計が、
枕元でカチカチと時を刻む。
寝静まった四人部屋に、
その音がやけに大きく響いて、
なかなか寝つけない。

時って何だろうか?
時は、いつから始まったのだろうか?

時が始まる前には、時はなかったのだろうか？
時がないって、どういうことなのだろうか？
時は、永遠に続くのだろうか？
時には、終わりはないのだろうか？
もし終わりがあるとすれば、
その後《あと》はいったいどうなるのだろうか？
子供の頃に抱いたような、
そんな取り留めもない疑問が、
次々に湧いてくる。

そうしている間にも、
置き時計が時を刻む音は、
私の耳にやかましく鳴り響いている。
カチカチカチカチ……
ふとある疑問が、私の脳裏をかすめる――

ひょっとすると、この置き時計は、
私の残り時間を刻んでいるのではないだろうか？
これ聴けがしに
私の耳を、私の心をいたぶる、
この意地悪な置き時計め！　……
それにしても、私には、
あとどれくらいの時間が残されているのだろうか？

どんなに甘く見積もっても、
二歳の孫が成人するまでは、
とても生きられまい。
精々あと十年か？
もしかすると、五年かな？
いやいや、悪くすると、
あと一年も残っていないかもしれない。

それでもいい、
それが私の寿命なら——
既に六十八年も生きてきたのだから／
もう他人《ひと》さまの役にもろくに立てない、我が身なのだから。
小心者の私だが、
死ぬこと自体は、さほど怖くはない。
死に伴う苦痛が怖いだけなのだ。
近しい人々との別れが、
少し切ないだけなのだ。
そういったことを除けば、
死は、むしろ、
私にとっては解放だ。

私にとって、死とは、

生きるという営みに付きものの
様々な煩悩から解放されて、
楽になれる、ということなのだ。
正直、もうしばらく生きてみたいとは思う。
その一方では、早く楽になりたいとも思う。

そんな私の心を知ってか知らずか、
置き時計は、カチカチと
いつしか私を眠りに誘う――
眠りという名の仮初めの死に。……

（二十三年一月十七日）

ぬくもりの足跡

風雪がようやく治まった冬の朝。
寒さがしんしんと身に染みる。
二階の窓を開けると、
庭に降り積もった雪の上に、
小さな黒い梅花模様が点々と続いている。
猫の足跡だ。
猫のぬくもりが通った跡だ。
何ものをも寄せつけないような、
いかめしく冷たい白一色の世界に記された、
生きている命の証《あかし》。
雪をも解かす力の証。
ああ、あったかい！

不器用者の悩み

我が子に対する親の最大の責務は、
愛を教えることだろう。
人は、親から愛されることによって、
愛される喜びを知り、
そんな親を愛して返すことによって、
愛する喜びを学ぶのだ。
人は、親から愛されることによって、
愛されるすべを身に付け、
そんな親を愛して返すことによって、
愛するすべを習うのだ。

（二十三年一月十七日）

親から愛されなかった子には、
愛され方が分からない。
親を愛せなかった子には、
愛し方が分からない。
たとえ愛に飢えていても、
それをうまく求めるすべを知らず、
たとえ自分の中に愛があふれていても、
それをうまく伝えるすべを知らず、
ただ空しくもがき続けるほかはないのだ。
子にとって、
これ以上の不幸があるだろうか。
親として、
これ以上の罪があるだろうか。

私の両親の、私に関する最大の過ちは、
私に愛を教えてくれなかったことだ。
愛の意味も、
愛される喜びも愛する喜びも、
愛されるすべも愛するすべも、
何一つ教えてはくれなかった。
だから、特に大人になるまでの私は、
自らの内に人並みの愛と愛の欲求とを抱えながらも、
その愛や愛の欲求をどう表現すればいいのか分からず、
それらを持て余してただ悶々とするほかはなかったのだ。

その後、私は結婚し、
妻子との関係の中で、
愛について多くのことを学習した。
けれども、いまだに私は不器用だ。

愛し方が不器用だ。
愛され方が不器用だ。

（二十三年一月十八日）

春の香よ！

春の香りに憧《あくが》れて、
妻と語らひ湖北路の
盆梅《うめ》の館を訪れつ。
雪まだ残る街なれば、
訪《おとな》ふ客もまばらなり。
館の空気澄み渡り、
いとほのかなる梅の香も、
人の熱《いき》れに汚《けが》されず、

この上もなく馥郁《ふくいく》と
我が嗅覚に訴へぬ。

ああ、紅梅よ、白梅よ、
などて汝《なむぢ》らかぐはしき?
などてかくまでかぐはしき?
かぐはしからぬ我が身には、
汝《なれ》らの香こそ至福なれ。

百年経たる老木の
そのかぐはしき流れ香は、
若き命に満ちあふれ、
老いに追はるる我が身には、
この世のものと思はれず。

ああ、梅の花よ、春の香よ！
永遠なりや、その命？
死を知らざるか、その力？

（二十三年一月二十五日）

不信と信頼

美し過ぎる話は、私は信じない。
そんな話は、嘘に決まっているから。
人間は、そんなに美しいものじゃない。
もし人間がそんなに美しいものなら、
この過酷な現実を無事に生きていけるはずがないのだ。

醜過ぎる話も、私は……

否、醜過ぎる話なら、私には信じられる。
人間は、どこまでも醜くなりうるものだから。
人間の醜さには、限りがない。

しかし、とことんまで醜いことを仕出かした人間が、
もし十分に長生きしたなら、
いつかはきっと自分の所業を深く後悔し、
自責の念に苦しむことだろう。
なぜなら、人間は、所詮、人間であり、
決して鬼でも悪魔でもないからだ。

私は、人間に過度の期待はしていない。
けれども、私は、人間に程々の期待は掛けている。

(二十三年一月二十六日)

明暗

検査入院は終わったものの、
手術のための入院を改めて間近に控え、
なんとなく不安が募る冬の朝。
夜の間に自宅の屋根に薄く降り積もった雪が、
燦《さん》々と降り注ぐ朝日に解けて、
地面に絶え間なく滴り落ちている。
ボトボトボトボト……
冷たい雪が解かされていく音だ。
あったかい音だ。
明るい音だ。
リズミカルで快い。
私の暗い不安も、だんだん解けていく。……

その音に誘い出された私は、
庭から空を見上げる。
冬の空は青く澄み渡り、
太陽の光が明るくあったかい。
太陽に力づけられた私は、
冷たい西風を突いて散歩に出かける。

畑の隅で、若々しい蠟梅《ろうばい》の蕾《つぼみ》が光っている。
薄黄色く光っている。
遥か彼方には、比良の山々が輝いている。
山頂の新雪が、きらきらと輝いている。
優しい太陽が私に見せてくれる、
湖国の美しい冬景色。……

あっ、その太陽に向かって、
黒みを帯びた大きな雲が迫っていく!
あっ、太陽が雲に呑み込まれてしまった!
嫌だなあ。
せっかく明るい気分になれたのに。……
心にも雲が掛かる。
心が暗くなる。
心が寒くなる。
またしても、不安がよみがえる。

このように、果てしもなく明と暗が入れ替わる、
私の心。
これが、人間の心なんだなあ。
一生、こうして生きていくのが、
人生なんだなあ。

少なくとも、この私は、
不動心などとは無縁の頼りない人間だ。

（二十三年一月二十七日）

大丈夫

生まれて初めての大手術が眼前に迫り、
心のどこかでひるみを覚えている私。
「大丈夫、大丈夫」と、青空が明るく語りかける——
「私が付いているから大丈夫」と。
「大丈夫、大丈夫」と、西風が力強く叫ぶ——
「弱気は禁物。大丈夫」と。

「大丈夫、大丈夫」と、山茶花《さざんか》の花がそっとささやく――
「大丈夫。また来年も会えるわよ」と。

「大丈夫、大丈夫」と、妻が事もなげに笑う――
「あなたは元気よ。大丈夫」と。

みんな、私がいちばん聞きたがっていることを
知っている。
みんな、私がいちばん聞きたがっていることを
言ってくれる。
みんな、ああ、
なんて優しいんだろう！

（二十三年一月二十九日）

無償の愛

間近に迫った困難な手術に備えて、
体力を維持するために、
厳寒の日でも散歩に出る。
風邪を引いては手術を受けられないと思い、
呼吸器を鍛えようと、
厳寒の日こそ散歩に出る。

冷た過ぎる強風に体が凍える。
琵琶湖の対岸に見える比良の山並みも、
連日の寒波に固く凍てついている。
その稜線は、さながら、
雪を冠《かむ》った万里の長城だ。

一時間近くも歩き続けて帰宅すると、
体の芯まで凍っている。

妻が言う——
何かあったかいものを作りましょうか、と。
甘酒を所望する。
体があったまる。

一緒に甘酒を楽しみながら、
妻がまた言う——
あったかいチョッキを出しておいたので、
寒さが厳しいときにはぜひ着てくださいい、と。

よく気が付く妻だ。
今回に限ったことではない。
こちらが言い出す前に、

いつもこまごまと気を遣ってくれる。
私は、誰からも――
私の両親からさえも――、
そうした純粋な心遣いを示してもらったことはない。

単なる義務感ではないだろう。
まして、小ずるい打算などであるはずがない。
心があったかいのだ。
無償の善意なのだ。
いや、たぶん、無償の愛なのだ。
少なくとも、それに近いものなのだ。
不純な私には、到底、妻の真似はできない。

あったかい甘酒を味わいながら、
そういったことを取り留めもなく考えているうちに、

私の体だけでなく、私の心も、
いつしかほかほかとあったまってくる。
なんとしても大手術を乗り切って、
必ずこの妻のもとに帰ってこなくては……

（二十三年一月三十日）

手術前夜

早春の光遮る薄靄《もや》は
己《おの》が心の不安にぞ似る

大手術前夜に動く我が心
動け己の欲するままに

我は人　鉄にあらざる只の人
動く弱さを恥と思はず

さりながら塵にあらざる人なれば
弱さのみでは生く甲斐もなし

（二十三年二月五日）

世の中、うまくいかないね

孫が生まれることになり、
上の子世話することにして、
張り切っていた折も折、
腹に異状が見つかった。
ああ、最悪のタイミング。

世の中、うまくいかないね。

暴飲暴食慎んで、
魚《うお》や野菜を主に摂《と》り、
煙草《たばこ》は喫《の》まず酒五勺《しゃく》——
健康維持が第一と
努めた結果、この始末。
世の中、うまくいかないね。

手術になんとか耐えるよう、
体作りに取り組んで、
歩きに歩いたその揚げ句、
足の痛みの再発だ。
なんで、いちいちこうなるの？
世の中、うまくいかないね。

お春さん

雪が消えたよ。春だねえ。
春がそこまで来ているね。
風はまだまだ寒いけど、
おてんとさまが優しいね。
葉の芽、花芽も膨らんだ。
小さな虫も踊ってる。
なんだか浮き浮きしてくるね。
命の春がいとしいね。
お春さんって呼ぼうかな。
早くおいでって言おうかな。

（二十三年二月六日）

靄《もや》っているよ。春だねえ。
春が出番を待ってるね。
水はまだまだ冷たいが、
小鳥の声が優しいね。
野草《のぐさ》の花も咲き出した。
みんな、きれいになっていく。
なんだかどきどきしてくるね。
命の春が恋しいね。
お春さんって呼ぼうかな。
君が好きだって言おうかな。

（二十三年二月八日）

雌伏

膵《すい》臓を三分の一切り取られ
大気の重さひしひしと知る

悪性のものにあらずと告げられて
安堵はするも身は痩せ細る

音に負け光にひるみ縮こまる
病める我が身のなんと小さき

やつれ果て家に帰れば我を待つ
梅の色香が心にぞ染《し》む

いつの日か元に戻るやこの体
妻に謝しつつ春をば夢む

（二十三年三月七日）

二人目の孫に

初対面だね。今日は。
滋賀から来たよ、会いたくて。
どんな赤子か知りたくて。
私は、お前のお祖父ちゃん。
こちらは、お前のお祖母ちゃん。
これから、どうぞ宜しくね。
生後五日の餅肌を
ちょっと抱かせてくれるかい？

とても軽いな、ちっちゃいな。
なんだか壊れものみたい。
二千六百にも満たぬ
小さな体で生まれたが、
お前の父もそうだった。
それが、今では大男。
父の血を引くお前なら、
大きく伸びろ、たくましく。

頭の格好《かっこ》もよく似てる。
お前の父によく似てる。
少しいびつで個性的。
何が詰まっているんだろ？
なんだか面白い形。

いろんなことを考える、
面白い子になるのかな？
期待しちゃっていいのかな？

父そっくりなお前だが、
全く似てない所《とこ》もある。
お前の父さん、皺《しわ》だらけ。
生まれたときは皺だらけ。
お前の額にゃ皺がない。
全然猿に似ていない。
おまけに豊かな黒い髪。
男前だよ、生まれつき。

開《あ》かない瞼《まぶた》きっと閉じ、
すやすや寝てる。よく寝てる。

たぶん、いい夢見てるんだ。
子煩悩な父母《ちちはは》の
家に生まれて、良かったね。
優しい兄貴と仲よくね。
すくすく育て、大らかに。
しっかりつかめ、幸せを。

（二十三年三月二十日）

余裕

完全を求めることは、やめようよ——
他人《ひと》にも、自分にも。
追い詰めるのは、やめようよ。
もっと気楽に生きようよ。

人間はもともと不完全なものなんだから、
そんな人間に完全など求めても無理だし、
だいいち残酷だよ。

他人に完全なんか求めても、
相手を苦しめた揚げ句、
結局は裏切られて、
ひどい幻滅にさいなまれるのが落ちさ。
自分に完全なんか求めても、
自分を苦しめた揚げ句、
最後には裏切られて、
重度の自己不信に悩まされるのが落ちさ。
それでも、あえて頑張れば、
自分を壊してしまうだけだろう。
人間だということは、

不完全の宿命を背負っているということなんだから。

そんな人間に強いて完全を求めるのは、
不健康な心じゃないのかな。
病んだ心だと言われても、
仕方がないのじゃないのかな。

とは言っても、
他人にも自分にも、
なるべく理想に近い存在であってほしいと願う心は、
極めて自然で正常なものだろう。
だけど、七十点か、精々八十点で満足しよう。
どんなに欲張っても、九十点で満足しよう。
断じてそれ以上を求めまい。
人間は神ではないことを、しっかりと自覚しよう。

他人にも自分にも決して百点満点を求めない――
そうした心の余裕こそが、
他人をも自分をも楽にするんだよ／
他人をも自分をも健康にするんだよ／
我々の人生を豊かにするんだよ。

（二十三年三月二十二日）

幻　影

匂ひ菫《すみれ》は、懐かしく
いとしき花ぞ、我が身には。
薄紫の可憐なる
その花びらに頬寄せて、

そのかぐはしき香り嗅ぎ、
幼かりし日思ふなり。

ほのかに匂ふ甘き香は、
うら若き日の我が母の
いと懐かしき香りなり。
いと美しき我が母は、
いと美しく着飾りて、
香り水をば散らしけり。

我、その母に憧《あくが》れて、
いと美しきその姿、
瞼《まぶた》の裏にとどめけり。
その我が母は去りつれど、
その残り香を追ひかけて、

五歳の胸に焼きつけき。
匂ひ菫の香りこそ、
その我が母の香りなれ。
いまだ忘れぬ、我が母の
いとかぐはしき香りなれ。
永久《とは》とこしへに忘れえぬ、
優しき母の香りなれ。

（二十三年三月二十九日）

妖梅

目が合へば柳腰をばくねらせて
我を誘へる惑はしの花

薄紅にその頬染めて恥ぢらふは
清き乙女か魔性の花か

惑はしと知りつつ惑ふこの心
鉄や石やにあらざればこそ

惑へどもいたく美愛《め》づる我なれば
汝《なれ》を手折らず汝を散らさず

美を愛づるその幸せに溺れつつ
などか悲しき我が心かな

（二十三年三月三十一日）

第五章　木偶の坊ではない私

（平成二十三年四月——九月）

香り盗めど

梅ならず桜にあらず夢ならず
現《うつつ》ならざる美しき木よ

薄紅に枝も幹をも染め尽くし
朝日に匂ふ花ぞ妙《たへ》なる

我は美をこよなく愛《め》づる者なれば
香り盗めど花は散らさず

（平成二十三年四月四日）

アンビヴァレンス

母は、私が五歳の頃、飲んだくれの父を捨てた。
父と一緒に、私と弟をも捨てた。
父は、母を激しく憎み、
私たち兄弟も母を憎むように仕向けた。

私が中学一年のとき、父は脳卒中で死んだが、
同じ市内に住んでいながら、母は葬式にも来なかった。
無論、私たち兄弟を引き取ろうともしなかった。
私たちがこれからどうなろうと、自分の知ったことではない、
といった態度だった。

そんな母を、私は心から憎んだ。

けれども、大人になって、
母の気持ちも少しずつ理解できるようになり、
私は、母を少しずつ許していった。
そして、最後には母を受け入れた。
否、受け入れたつもりになっていた。

しかし、一応大人になったとは言え、
まだ若くて未熟だった私には、
自分の本当の心がきちんと見えていなかったのだ。
人間の心はそれほど単純なものではないことが、
ちっとも分かっていなかったのだ。

その後、馬齢を重ね、
自分の心をより深く見つめることができる年になって、

私は、ようやく気づいた――
自分が、本当は母を少しも許せてはいなかったことに／
母に捨てられた心の傷は、
根っこの所では少しも癒やされてはいなかったことに／
親に捨てられた子は、
自分を捨てた親を一生許せるはずがないことに。

若かった頃の私は、
自分の心の有りのままの姿を、
冷静に正直に、かつ深く見つめもせず、
ただその表面をずさんな目で一瞥《べつ》し、
母を許せたような気持ちになっていただけなのだ。
若者特有の観念的理想主義から、
無意識のうちに「社会の良識」に縛られて、
自分を欺いていただけなのだ。

だが、私の心の中には、
母を許そう、許したい、許さなければならない、
という強い気持ちが、
これまで存在してきたことも、
紛れもない事実だ。

恐らく私は、この世に生きている限り、
母を許したい気持ちと母を許せない気持ちとの間で、
頼りなく揺れ動き続けることになるのだろう。
子が親に捨てられるということは、
きっとそういうことなのだ。

(二十三年四月九日)

春の黒谷界隈

伸びやかに桜咲きたる真如堂

春を呼び春に呼ばれて花盛り

花の間《ま》を漏れくる光　春の空

それなりにほのかに香る桜花

黒谷の寺も華やぐ花日和

花の下《した》ただ立ち尽くす酔ひ痴るる

満ち足るる妻の笑顔ぞ花の花

（二十三年四月十二日）

観桜酔夢

自らの卓越した美貌を奔放に誇示して、
天空に向かって高々と盛り上がり、
宇宙をも籠絡しようと大胆に挑みかかる、
怖いもの知らずの傲慢なナルシストよ。

風を酔わせ、　蜂を酔わせ、
小鳥を酔わせるだけではまだ足りず、
私までもその圧倒的な魅力に酔わせて、
無力な虜にしてしまおうとたくらむ、

多情で罪深い春の女王よ。

風が吹くたびに、
春の命に満ちあふれた、
優美そのものの姿態を妖しくくねらせて、
私を誘惑しようと図る満開の桜よ。

この世のものであるには、
あまりにも美し過ぎるお前——
お前は、天界から追放された美の精か？
それとも、魔界から遣わされたあやかしか？

たとえお前が魔性のものだとしても、
たとえお前がどんなに罪深い存在だとしても、
もしお前と私が、

この大空の下《した》で一つに結ばれることさえできるなら、
私は、愚かにも、お前のすべてを許し、
お前のなまめかし過ぎる五体に、
己のすべてを委ねてしまうことだろう。

（二十三年四月十四日）

叱咤

起きろ！　しっかりと目を覚ませ！
私の心よ。
いつまでも寝ぼけているでない。
強い西風が荒々しい雄叫《おたけ》びを上げているのが、
聞こえるか？
もし聞こえるなら、西風と競え。

その西風をも凌ぐほどの大声で叫べ。
鋭い声で叫ぶのだ——
自分自身の限りを／
自分の命の限りを。

決して抜け殻になるでない。
寝ぼけ眼《まなこ》でぼんやりと口にする言葉など、
断じて詩ではないのだ！

（二十三年四月二十四日）

春の乙女よ

春の乙女よ、花になれ。
春の女神を思はする、

若き命に満つ女《ひと》よ。
今あでやかなる花と化し、
老いたる我の目を奪へ。
幾星霜をたどる間《ま》に、
いつしか鈍くなり果てぬる
我が眼《まなこ》をば虜にし、
白く濁れるその瞳、
昔のごとく輝かせ！

春の乙女よ、風になれ。
春の女神を思はする、
清き命に満つ女よ。
疾《と》く爽やかなる風と化し、
枯れたる我が身に吹きつけよ。
盛りは既に過ぎぬれば、

塵で汚《けが》れたる我が肺の
奥の奥まで貫きて、
いたく凋《しぼ》めるこの胸を
昔のごとく膨らませ！

春の乙女よ、雨になれ。
春の女神を思はする、
熱き命に満つ女よ。
熱き命の雨と化し、
朽ちぬる我に降り注げ。
老いの坂道転ぶ間に、
痩せさらばへて細りたる
我が血の管に突き立ちて、
冷えて久しきこの血潮、
昔のごとくたぎらせよ！

山陰の美

安来《やすぎ》にて庭見て絵見て陶器見て
温泉《ふろ》に漬かりて言ふことはなし

いつまでも漬かりてゐたき朝湯かな
東の空の日に見とれつつ

雪渓と若葉と空と岩肌と
初夏の大山《だいせん》目に染《し》むものは

（二十三年五月七日）

木《こ》の間より見上ぐる空は真青《まさを》なり
そよぐ木《こ》の葉は黄金《こがね》色なり

老いぬれば若葉の命まぶしきを
妻と愛《め》でつつ桝水《ますみづ》に立つ

後ろ髪引かれてまたも振り向けば
ああ大山は大いなるかな

（二十三年五月二十一日）

魚の骨

魚の骨が立ったがな。
アコウとか言う魚煮て、

初めて食うたら、その骨が、
喉に刺さってしもたがな。
唾さえゴクリと飲むたびに、
チクチク痛《いと》うてどもならん。
飯の固まり呑み下し、
えへん、えへんを繰り返し、
喉をぐいぐいしごいても、
いっかな抜けん、この骨は。
なんちゅう骨じゃ、この骨は。

ほじゃけど、文句は言えんわい。
食われて文句言われては、
浮かばれまいよ、魚とて。
誰が食うてと頼んだか？——
そう言うじゃろう、生きとれば　／

そう言うじゃろう、喋《しゃべ》れたら。
悪かったんじゃ、このわしが。
注意が足らんかったんじゃ。

魚の骨が立ったんは、
ほとんど四《し》十年ぶりじゃ。
涙が出たぞな、あのときは。
痛うてたまらなんだぞな。
不安で慌てふためいて、
ゲーゲー嫌な声出して、
隣の人に叱られた。
若かったんじゃ、あの頃は。
ほじゃけど、そうこうしよるうち、
自然に骨が取れたがな。

今度も大事なかろうて。
大きな骨と違うけん、
心配せいでも、簡単に、
抜けるときには抜けるじゃろ。
ばたばたせずに時を待と。
どら焼き食うて茶あ飲んで、
布団かぶって寝てこまそ。
明日の朝には抜けとろう。
抜けとらなんだら待つまでじゃ。

ほじゃけど、なんで立ったんじゃ？
一度で懲りて、それからは、
気い付けとったつもりじゃが。……
緩んできたんか？　ぼれたんか？
これが年取るちゅうことか？

なにやら嫌な気がするのう。
年を取るんは嫌じゃのう。
ぼれていくんはつらいのう。

（二十三年五月二十二日）

不純と純粋

概して言えば、
純粋な在り方や生き方をひた向きに志向するのは、
まじめな若者たちに共通する特徴だろう。
彼らは、純粋であることにほとんど絶対的な価値を置き、
純粋であろうとして懸命に努力を重ねる。
彼らのそうした姿は、
ある意味でまぶしく輝いている。

けれども、どこまでも純粋な人間など、
この世に存在するはずがない。
否、存在できるはずがない。
どんなに純粋に見える人間だって、
不純な部分をも同時に持っているからこそ、
この過酷な実社会を生きていくことができるのだ。
人間とは、本来、
純粋な部分と不純な部分とを併せ持った生きものなのだ。
そういうことが分かる人間になって初めて、
大人になったと言えるのだろう。

自分の中にも不純なものが存在することを、
きちんと自覚できていない人間は、
他者の不純に対して、

とかく不寛容になりがちだ。
だから、若者は、時として危険な存在となる。
他者の不純になんら人間的な斟酌を施すことなく、
冷酷かつ不当な攻撃を、
平然とかつ徹底的に加えてしまいかねないからだ。
自らを含めた生身の人間に対する無知と無理解が、
そして、自らを純粋だとする独善的な思い上がりが、
若者を暴走させてしまうのだ。

他者へのいたわりや思いやりは、
自分はどこまでも純粋だと錯覚した傲慢な心よりも、
自分にも不純なものが内在することを知る謙虚な心から、
とかく生まれ易いように、
私は思う。

（二十三年五月二十五日――二十六日）

ある会話

何かぷんぷん匂うよね。
随分きつい匂いだね。
どこから流れてくるのかな?
あっ、見てごらん。あの花だ。
あそこに立ってる大木の
無数の枝に、びっしりと
咲いてる花に違いない。
いったい何の花だろう?
あの木は何て言う木だろ?

ほらほら、あの木、あの花よ。
話したでしょう、この間――

近所の空き地の大木の、
ピンクのちまちました花が、
満開だって ／ 香るって ／
散歩のたびに見てるって。
その木があれと同じ木よ。
あの木の名前、何でしょう？
ぜひ知りたいと思うけど、
あなたも御存じないのよね。

君は好きかい、この花が？
姿はちっちゃくかわいいし、
色も淡くて好みだが、
匂いがちょっと強過ぎる。
いったい何の花かなあ？
図鑑で調べりゃ分かるかな？

図鑑で調べてみようかな。

（二十三年六月五日）

そういう女が大好きさ

梅雨の晴れ間の青空を
そよ吹き渡る、初夏の風。
光と希望乗せてきて、
うっとうしさを吹き払い、
たった一触れするだけで
心を癒やす、甘い風。

そういう風を思わせる
女《ひと》がいるんだ、この世には。

そういう女が好きなんだ。
そういう女が大好きさ。

梅雨の晴れ間の青空に
ぽっかり浮かぶ、初夏の雲。
広く世界を見渡して、
何でも深く知っていて、
誰の悩みも受け入れて
ふんわり包む、白い雲。

そういう雲を思わせる
女がいるんだ、この世には。
そういう女が好きなんだ。
そういう女が大好きさ。

梅雨の晴れ間の青空の
もとに咲いてる、初夏の花。
出しゃばらないで目立たずに、
そっと周りに溶け込んで、
人に優しく笑みながら
ほのかに香る、淡い花。

そういう花を思わせる
女がいるんだ、この世には。
そういう女が好きなんだ。
そういう女が大好きさ。

（二十三年六月八日）

孫二人

孫来たる二歳坊主と赤ん坊
孫抱き孫と遊びて日暮れかな
愛《め》でらるる喜びを知るこの笑顔
疲るるも賑はふが良し慕はれて
孫去りて老妻《つま》と二人の朝餉《あさげ》かな

（二十三年六月十四日）

山の乙女

我《わ》を見よと言はむばかりに咲き匂ふ
山の乙女の香りかぐはし

梅雨に咲き潤ひに満つ白き花
名も知らぬゆゑなほいとほしき

花恋ふる心はそぞろ浮き立ちて
蝶のごとくに軽やかに舞ふ

（二十三年六月十九日）

沙羅の花

薄日差す東林院の石畳
踏み締めて行《ゆ》く　花に惹かれて
沙羅《さら》の花　梅雨に咲く花　白き花
命はかなき仮初めの花

朝に咲き夕べに落つる沙羅の花
そのはかなさを愛《め》づるぞ我は
我もまたはかなく生ける蟬なれば
はかなさにこそ意味を求めめ

良き妻と語らひながら歩む道
今この時をひた向きに生く

（二十三年六月二十二日）

本当の大人になるために

この俗世間では、
本当のことを言うと、往々嫌われる。
時には、ひどく憎まれる。

当然だろう。
俗世間では、大多数の人々は、
本当のことなどを求めてはいないのだから。
このつらく苦しい現実の世を

今生きている人々の大多数が求めているのは、
甘い安らぎと励ましなのだから。

だから、彼らに歓迎されるのは、
心を萎えさせる真実などではなく――
真実は、心を萎えさせることが多いのだ――
心を安らがせてくれる嘘であり、
心を弾ませてくれる偽りなのだ。
彼ら自身も、
それが嘘であり偽りであることに
心のどこかで薄々気づいてはいるが、
あえてそのことから目を逸《そ》らせて、
フィクションの世界に生きているのだ。

それほど現実が厳しい、

ということだろう。
だが、本当にそれでいいのだろうか？
嘘や偽りの上に、
本当に頼りになる人間観や人生観を
きちんと築くことができるだろうか？
苦い真実を糧にして、
堅実な人間観や人生観を確立できてこそ、
人は、初めて本当の大人になれるのではないだろうか？

（二十三年七月九日）

迷うということ

優柔不断では困るけれど、

人間には、ある程度の迷いは大切だ。
迷うからこそ、しばしば、
穏当な結論にたどり着けるのだから。
迷うということは、
心のバランスを取ろうとしているということなのだ。
一方向への行き過ぎを抑えようとしているということなのだ。

人間、一方向だけに突っ走れば、
ろくなことはない。
この複雑な人間の世の中では、
どういう方向に進んでも、
完璧な道などありえない。
だから、いろんな方向に注意深く目配りしながら、
適宜に必要な修正を施しつつ、
調和の取れた道を探して、

慎重に歩んでいかねばならないはずなのだ。
さもなければ、自分自身を苦しめるだけでなく、
自分の周囲の人々をも不当に苦しめる結果になることが、
決して稀ではないはずなのだ。

迷いを知らない人間ほど、
恐ろしいものはない。
迷いを知らない人間は、
自らがひた向きに信じる道を脇目も振らずに突き進み、
その結果、
取り返しの付かない悪を徹底的に行ってしまう場合が、
決して少なくないのだ。
自らの行き過ぎを是正する機会を
持たないからだ。
自らの目標を目指して一直線に盲進する、

冷酷非情なブルドーザーに、
成り下がってしまうからだ。

迷うからこそ、人間は、
極端な罪を犯さずに済んでいるのだ。
適度に迷うことは、人間的なことなのだ。
人間であることの証《あかし》なのだ。

（二十三年七月十日）

花一輪

紫の露草茂る夏の道
せせらぎや夏鶯《うぐひす》も涼しげに

睡蓮のお花畑のとんぼかな

道端に残るあざみや二、三輪

夏の風　値千金　花一輪

（二十三年七月十六日）

橋の上の風景

かんかん照りの橋の上。
風もそよがぬ昼日中。
どこかの若い母親が、
よちよち歩きの幼子に

足を合わせて、ゆっくりと
暑さの中を歩いてる。

ようやく橋の半ばまで
やって来たとき、どうしてか、
突然女児がぐずり出す。
どんなに母がなだめても、
どんなに母が諭しても、
頑固に一切耳貸さず、
ただわあわあと泣き喚く。

なにをむずかってるんだろ？
我がまま言っているのかな？
扱いかねた母親が、
子に背を向けて歩き出す。

子供は、付いていきながら、
あくまで我意を通そうと、
一層声を張り上げる。

陰一つない橋の上。
じりじり焼ける炎天下。
堪忍袋が保《も》つだろか？
子供を打《ぶ》ちはせぬだろか？
通りすがりの私だが、
どきどき不安になってくる。

回れ右した若い母。
まっすぐ子供と向き合った。
けれど、優しい母だった。
怒《おこ》りもせずに、たたかずに、

よっこらしょっと抱き上げて、
自分の背中に負《お》んぶして、
静かに語りかけながら、
やがてゆっくり歩き出す。

そうだったのか。なるほどな。
暑さですっかりくたびれて、
子供がせがんでいたんだな。
負んぶをせがんでいたんだな。

かんかん照りの長い橋。
距離がだんだん縮まって、
母娘《おやこ》がアップで見えてくる。
子供背負った母親は、
全身ぐっしょり汗みずく。

小柄な母の体には、
子供がとても重そうだ。
それでも、顔は穏やかだ。
まるで観音さまみたい。

橋を渡った母親は、
ここから自分で歩くよう
子供降ろして、手を引いて、
坂をゆっくり下ってく。
子供も、今は得心し、
素直に母に寄り添って、
回らぬ舌で機嫌よく
あれこれ話しかけながら、
元気に坂を下ってく。

体は小さい人だけど、
心は大きい母親だ。
目立つ人ではないけれど、
どうして賢い母親だ。
頭ごなしに叱らずに、
苛々ヒスを起こさずに、
子供の心酌みながら、
上手に道を教えてる。

君の母さん、いい人だ。
情濃《こま》やかで気が長い。
いい母さんで良かったね。
きっとこの日の出来事は、
君の心にいつまでも
残るだろうね。残してね。

そして、大人になったとき、
この母さんに劣らない、
いい母さんになるんだよ。

（二十三年七月十八日）

人生論

空しい宙に影を見て、
何かあるぞと夢を見て、
虚空の中であくせくし、
結局、無へと逆戻り。
見るは幻。見るは影。
夢幻のこの世界。
騙《だま》し騙してきたものの、

もはや騙せぬこの己。

（二十三年七月二十五日）

もう少しだけ歩こうか

随分歩いてきたけれど、
もう少しだけ歩こうか。
随分疲れてきたけれど、
もう少しだけ歩こうか。

世の人並みに、道すがら、
見るべきほどのものは見て、
知るべきほどのことは知り、
己にできることは為《な》し、

すっかり萎《しお》れた私なら、
これから先は、歩いても、
何もないとは思うけど、
もう少しだけ歩こうか。

これから先は、歩いても、
さしたる意味もあるまいし、
ほとんど役に立てまいが、
立ち止まってもしょうがない。

歩くことしか能のない
唐変木のこの私。
老いた我が身を励まして、
もう少しだけ歩こうか。

（二十三年七月二十五日）

羨望

団地のそばの土手の草。
皆が、総出で汗掻《か》いて、
この前抜いたとこなのに、
この前刈ったとこなのに、
あっと言う間にまた伸びた。
今じゃ一面ぼうぼうだ。
なんたる生命力だろう！
抜いても抜いても、また生える。
刈っても刈っても、また茂る。
たとえ薬を撒いたとて、
時間が経てばよみがえる。

全く不死身だ、雑草は。
生へのすごい執念だ。

そんなにこの世がいいのかい？
それほどこの世に生きたいか？
私なんぞは真っ平さ。
一度生きればたくさんだ。
人でも人じゃなくっても、
再びこの世に住もうとは、
これっぽっちも思わない。
楽しいことはごく稀で、
苦しいだけのこの憂き世。

非業の最期は嫌だけど、
自分で死ぬ気もないけれど、

自然にぽっくり逝けるなら、
苦しまないで逝けるなら、
こんな憂き世にいつまでも
しがみつこうとは、思わない。

そうした私から見れば、
君らの粘りは驚異的。
つくづく感心してしまう。
全くすごいよ。参ったよ。
ああだこうだと考えず、
生きる意味など顧みず、
ただひたすらに生きようと、
その一点に集中し、
ぐんぐん伸びるたくましさ！

そう生きられりゃ楽だろな。
実に素朴でおめでたい、
単純無比な生き方だ。
それにはそれの美さえある。
私にゃ無理だが、それだけに、
君らの姿がまぶしいよ。
羨ましいよ。いとしいよ。
もし、どうしてももう一度、
人間やらねばならぬなら、
君らのように生きたいよ。
単細胞になりたいよ。

（二十三年八月一日）

オアシス

女――
男を無限の優しみで惹きつけ、捉え、包み込む、
優しみの器。
その優しみは、いったい、どこから来るのだろうか？
女の脳味噌からか？
女の心臓からか？
それとも、女の子宮からか？
確かなことは、男の私には分からない。
ただ、男の身も心も限りなく和らげる、
女の優しみの源泉が、
女が女であるという正にその事実に
深く関わっているらしいことだけは、

私にも分かる。

女が男に対して優しいのは、
たぶん、生来の本能なのだ。
女と男がこの世に初めて誕生した時から、
女の心身にしっかりと組み込まれている、
女の本能なのだ。

女の優しみは、
その目に、その顔に、その手に、その仕草に、
そして、その存在のあらゆる部分に、
豊かにあふれている。
その優しみが、
男の疲れた体を癒やし、
男の渇いた心を潤し、

死にかけた男を再び生き返らせる。
男をこの世の砂漠から守っているのは、
実に女の優しみだ。
女の優しみこそは、男にとって、
不毛の砂漠の中に点在する、
緑のオアシスなのだ。

（二十三年八月六日）

夏の終はり

もうもうと煙を立てて草焼くは
夏を焼く火か明日は立秋

土手道も灼熱の日にさらされて
白く輝く骨となりぬる

ばたばたと羽震はせて地を転ぶ
蟬よ　あがくな天命なれば

（二十三年八月七日）

文学とは

文学とは、その基本において、
人間を裸にしようとする試みではないだろうか——
人間の有りのままの姿を知るために。
そのために、
何重もの美々しい虚飾を身にまとった人間から、

そうした虚飾を一切合財剥ぎ取って、
そのみすぼらしい実体を
人間自身の目に容赦なくさらそうとする、
冷厳な試みのことではないだろうか。

では、なぜ文学は、
人間の有りのままの姿を知ろうとするのだろうか。
なぜなら、人間の有りのままの姿を知らない限り、
人間は、
自分の身の丈に合った真の生き方を
知ることができないからだ。
虚飾に覆われた自分の姿を
自分の実際の姿だと錯覚したままで、
どうして自分に真にふさわしい生き方を
求めることができるだろうか。

どうして自分の真のあるべき姿を
見つけることができるだろうか。

美しい虚構を土台として、
その上にいくら美しい理想を積み上げても、
所詮は空しい砂上の楼閣にすぎないのだ。

けだし、文学とは、基本的に、
人間を素っ裸にしようとする試みにほかならない。
すなわち、作者も読者も、
自分自身を素っ裸にする覚悟を要求される、
実に重たい試みなのだ。

（二十三年八月十二日）

木偶の坊ではない私

合わせない。
決して調子、合わせない。
俗な慣習・常識に
無条件では合わせない。
我など張る気はないけれど、
合わせるばかりが能じゃない。
俗な世間を生きるため
俗と妥協はするけれど、
心の芯は合わせない。
盲目的には合わせない。
木偶《でく》の坊ではない私。

揃えない。
断じて足並み、揃えない。
思慮分別をわきまえぬ
烏合《うごう》の衆には、揃えない。
自分自身を持たないで、
たやすく他者に煽られて、
数を恃《たの》んで妄動し、
隣人《ひと》や社会に害をなす——
そんな輩《やから》にゃ、揃えない。
徹頭徹尾、揃えない。
木偶の坊ではない私。

与《くみ》しない。
極端論には与しない。
一面論や観念の

勝った論にも、与しない。
複雑多岐な物事の
実の姿をよく捉え、
情理尽くして練り上げた、
調和の取れた論でなきゃ、
誰が言おうと与しない。
何と言おうと与しない。
木偶の坊ではない私。

（二十三年八月十五日）

山よ

山よ、
かつて納得のいかない理由で人間に疎外され、

以来、人間を疎外し返して生きてきた私は、
人間に語りかける心と
人間に語りかける言葉を、
いつしか失ってしまった。

山よ、
人間界から超然として空高くそびえ立つ山よ。
私が語りかける相手は、お前だ。
私の心が語りかける相手は、お前だ。
私は、お前に対しては、
自分のすべてをさらけ出す。
自分の至らなさもいい加減さも、
自分の卑しさも醜さも邪悪さも、
自分の怒りも憎しみも悲しみも、
安心してさらけ出す。

なぜなら、お前は高貴な存在だからだ。
私が包み隠さず自分の本心をさらしても、
自分の弱点や短所をさらしても、
お前は決して付け込んだりはしない。
それを興味本位に吹聴して私を笑い者にすることは、決してない。
それを己の利益のためにあざとく利用することも、決してない。
それをてこに私の破滅を陰湿に企てることも、決してない。

その上、お前は大きな存在だからだ。
お前は、決して私に反論することはない。
お前は、決して私の矛盾を突くこともない。
叱責することも、説教することも、忠告することも、決してない。
お前は、ただ、黙って
私の愚かなお喋《しゃべ》りを聞いているだけだ。

それでいて、私は、お前に喋っているうちに、
自分の矛盾に気づいて赤面することになるのだ。
自分のでたらめさに気づいて反省することになるのだ。
つまり、寡黙なお前の大きさが、
多弁な私の小ささに気づかせてくれるのだ。

山よ、
私を優しく抱き留めてくれる山よ。
私は、お前に自分のすべてを吐き出した後では、
決まって安らかな気持ちになっている。

山よ、山よ。
お前は、私の妻と並んで、
私が心を許すことができる掛け替えのない友だ。
お前と妻さえそばにいてくれるなら、

私は、断じて孤独に苦しむことはないだろう。

（二十三年九月十一日）

狸の死

散策に出た帰り道、
路傍に狸が死んでいた。
ここら辺にもいるんだな。
野菜畑があるからな。
食い物探しにやって来て、
畑の中を通ってる
道路を横切ろうとして、
うっかり車にはねられて、
命を落としてしまったか。

まだ老年には程遠い、
今が盛りの大狸。
まだまだ生きたかったろう。
さぞかし無念だったろう。
生への未練示してか、
黒毛が鈍く光ってた。

だけど、その目は閉じていた。
口もきっぱり閉じていた。
引き締まってた、死に顔が。
心に残る顔だった。

いつか私が死ぬときも、
こういう顔で死にたいな。

ぎゅっと閉ざして、目も口も。
せめてあちらの世界では、
何も見ないで済むように。
何も言わずに済むように。

（二十三年九月十六日）

孫っこ

私に抱かれた赤ん坊。
息子夫婦の第二子だ。
じっと私を見つめてる。
つぶらな瞳で見つめてる。
久方振りで会った孫。
何考えているんだろ？

「誰だ?」といぶかってるのかな?
父でも母でもない私。
不審がるのも無理ないが、
お祖父ちゃんだよ。宜しくね。

それでも、私を見つめてる。
穴が空くほど見つめてる。
にこりともせず、ひた向きに。
だけど、優しく揺りながら、
私が歌を歌ったら、
とたんに顔を綻ばせ、
歯のない口で笑い出す。
そうか。お歌が好きなのか。
お前を抱っこしていると、
心がほかほかぬくもるよ。

寝床の上の赤ん坊。
しきりに指をしゃぶってる。
自分の指をしゃぶってる。
盛んによだれ垂らしてる。
辺り一面唾だらけ。
今度は畳なめ出した。
こらこら、駄目だ。ばっちいよ。
私がそっと手を出すと、
私の指を握り締め、
それをちゅうちゅう吸い出した。

くすぐったいよ。やめないか。
まるで蛸だね、この坊主。
けれど、髪の毛ごわごわで、

まるで大きな針鼠《ねずみ》。
面白いなあ、赤んぼは。
かわいいよなあ、孫っこは。
生まれてたった六か月。
お前の相手していると、
時が経つのを忘れるよ。
憂き世の憂さも忘れるよ。

（二十三年九月二十二日）

誘惑魔

秋の日差しを浴びながら、
オレンジ色の蝶が舞う。
人の心を知るように、

思わせ振りに蝶が舞う。
黒い縁取り、白い紋——
まばゆいばかりのあでやかさ。
思わず惹かれて目を留める。

何かの化身か、この蝶は？
私の心が分かるのか？
ひらひら私に近づいて、
私の心を弄ぶ。
色香に弱いこの心、
思う存分惑わせて、
さっとその身を翻し、
右に左に舞を舞う。

やがて、舞にも疲れたか、

土手に優しく咲いている
花に止まって、一休み。
けれど、そうしている間《ま》にも、
私を試すかのように、
私を誘い込むように、
羽を閉じたり開いたり。

たまらず、そっと近づくと、
すかさず宙に舞い上がり、
おいでおいでをするように
羽をひらひらさせながら、
私の数歩前を行く。
歩み止めれば舞い下りて、
やおら進めばすぐ逃げる。

近寄れそうで寄らせない。
手に取れそうで取らせない。
あたかも恋の駆け引きだ。
いたずらものの蝶々め。
手練手管の蝶々め。
悪い奴だよ、この蝶は。

なんて浮気な蝶だろう！
なんて妖しい蝶だろう！
なんて気になる蝶だろう！
なんてすてきな蝶だろう！

（二十三年九月二十五日）

私の好きな女

私は、優しい女《ひと》がいい。
相手が優しい女ならば、
こちらも優しくなれるから。
そういう女に出会ったら、
自然、心があったまる。
生きる力が湧いてくる。

私は、素直な女がいい。
相手が素直な女ならば、
こちらも素直になれるから。
そういう女に出会ったら、
日がな、心があったかい。

生きる力がよみがえる。
私は、深い女がいい。
相手が深い女ならば、
心を許し合えるから。
見栄や虚飾を脱ぎ捨てて、
裸の自分取り戻し、
本音で分かり合えるから。

ついでに言わせてもらえれば、
人間らしい女がいい。
人間らしく生きながら、
節度を守る女がいい。
節度を固く守りつつ、
余韻を残す女がいい。

私の胸にぼんやりと
希望をともす女が、いい。
この味気ない現実に
魔法を掛ける女が、いい。
適度な距離を変えないで
夢を壊さぬ女が、いい。

（二十三年九月二十八日）

第六章　興ざめな真実

（平成二十三年十月――二十四年三月）

興ざめな真実

人間は、誰のために生きているのだろうか？
人間は他者のために生きている、
と主張する人がいるが、
私には偽善的な言葉にしか聞こえない。

私の考えでは、
人間は、皆、自分自身のために生きているのだ。
自分が幸福になるために生きているのだ。
自分が利益を得るために生きているのだ。
何人にとっても、
自分の幸福や自分の利益がいちばん大切なのだ。
自分の幸福や利益を後回しにして、

他者の幸福や利益を真っ先に図ることなど、
よくよく自分を偽らない限り、
余程の無理をしない限り、
誰にもできはしないのだ。

繰り返して言うが、
人間は、誰しも、自分のために生きているのだ――
少なくとも第一義的には。
だが、そんな人間も、やがて気づくのだ――
自分のためだけを考えていては、
自分の利益だけを図っていては、
決して幸福にはなれないことに／
自分の周囲の人々が幸福でなければ、
自分も決して幸福にはなれないことに／
自分が幸福になりたければ、

他者をも幸福にしなければならないことに。
そのとき初めて、人間は気づくのだ――
自分のために生きるということは、
他者のために生きることでもあると。

けれども、人間が他者を大切にするのは、
裏を返せば、
自分を大切にしたいからにほかならない。
すなわち、人間が他者を愛するのは、
そもそも自分を愛するからなのだ。
あくまでも、自己愛が基本なのだ。
他者愛は、所詮、自己愛の延長にすぎないのだ。

興ざめな真実だ。
だが、この興ざめな真実を受け入れることができない限り、人間を真に理解することはできないのではなかろうか？
人間は他者のために生きている、
というような甘い幻想に捉われている限り、
他者愛の真の意味を知ることはできないのではなかろうか？

（平成二十三年十月九日）

宇宙と私

宇宙は途方もなく巨大だ。
私の存在など、ちっぽけ過ぎて、
問題にもなりはしない。
宇宙の巨大さを思うとき、
私は圧倒され、
ひたすらすくみ上がってしまいそうになる。

そんなとき、私は、
宇宙といえども、所詮は、
私の心のスクリーンに映し出された
影にすぎないではないか、
と思うのだ。
いかに巨大であろうと、つまりは、
私が生きていてこその宇宙であり、
私が死ぬと同時に消滅してしまう、
実にはかない存在ではないか、
と思うのだ。

私は、自信過剰に陥りそうなときには、
宇宙の巨大さを思い、
我が身の卑小さを思う。

私は、自信喪失に陥りそうなときには、
我が身と変わらぬ宇宙のはかなさを思い、
宇宙の有無を支配する我が命の重さを思う。

私は、自分で思うほど大きくも強くもないだろう／
けれども、私は、自分で思うほど小さくも弱くもないだろう、
と思い直す一方では、
私は、自分で思うほど小さくも弱くもないだろう／
けれども、私は、自分で思うほど大きくも強くもないだろう、
と繰り返し思い直しながら、
そして、そういう形で心のバランスを取りながら、
私は日々を生きている。

（二十三年十月十日）

夕日

空を茜《あかね》に染めながら、
雲を茜に染めながら、
真っ赤な夕日が見つめてる。
大きな瞳で見つめてる。
独りで歩いてる僕を、
なぜだかじっと見つめてる。

さよなら、さよなら、夕日さん。
さよなら、さよなら、また明日《あした》。

それでも、夕日は覗《のぞ》いてる。
木の間《あいだ》から覗いてる。

葉の隙間から覗いてる。
僕が歩けば付いてくる。
僕が進めば追ってくる。

さよなら、さよなら、また明日。
寂しがり屋の夕日さん。
君は仲間がいないのか。
君も仲間がいないのか。
なぜか涙が目ににじむ。

（二十三年十月十七日）

鹿

鹿さん、鹿さん、なぜ鳴くの？

幸せきらきら降ってくる、
こんなすてきな秋の日に。
お日さまにこにこ、いい日和。
そよ風そよそよ、いい気持ち。
奈良の林も、少しずつ、
きれいに染まってきてるのに。
優雅に染まってきてるのに。

鹿さん、鹿さん、なぜ鳴くの？
僕の胸にも染み透る、
そんな切ない声出して。
落ち着かないの、独りでは？
恋の相手を呼んでるの？
誰かとぬくめ合いたいの？
寂しいもんね。やっぱりね。

やっぱり秋は寂しいね。

（二十三年十月十九日）

柿

柿がたわわに実ってる。
重げにぶら下がっている。
取ってみろよと目の前に。
食ってみなよと鼻先に。
いかにも甘くてうまそうだ。
まさしく今が食い頃だ。
取ってみたいが他人《ひと》の物。
食ってみたいが他家《よそ》の物。

取ればこの手が腫れるだろ。
食えばこの腹壊すだろ。
目で取るだけが幸せだ。
目で食うだけがうまいのだ。

（二十三年十月二十日）

深淵

私は、何かの弾みで、
途方もなく深い孤独感に捉われることがある——
底なしの孤独感に。

そんなとき、
私の心の温度はどんどん下がっていく。

……摂氏三十五度……三十度……二十五度……二十度……
私の心は、摂氏零度で氷結した後も、
更に止めどなく下がり続ける。

そんなとき、私の心には、
太陽のぬくもりも、
空の青さも、
薔薇《ばら》の香りも、
小鳥のさえずりも、
人の笑い声さえも、
全く届かない。

凍てついてすべての表情を失ってしまった、
私の能面の心には、
何ものも何人も入り込むことができないのだ。

私の心は、何も感じることができず、
ただひたすら虚無の泥流に沈んでいく。

そんなとき、私は、
自らの心の鼓動にじっと耳を傾け、
自らの心の生命力の強弱を測る。
天をも地をも人をさえも閉め出した私の心は、
天に頼ることも地に頼ることも人に頼ることさえも、
全くできはしない。
自らの生命力を恃《たの》みとするほかはないのだ。
もし自らの生命力が十分でなければ、
私の心は、いずれ凍死することになるだろう。

だが、どんなに深い孤独感も、
目下のところ、

私の心の生命力をその芯まで凍らせることはできない。
私の心の生命力は、ある程度まで冷え込むと、
その反動でめらめらと燃え上がり、
孤独感という名の氷を解かして、遂には、
私の心を元どおりによみがえらせてしまうのだ。

けれども、私の加齢と共に、
私の心の生命力も確実に衰えていく。
したがって、いつかは私の心も、
この底知れぬ孤独感の深淵に呑み込まれてしまうのかもしれない。

そうした途方もない孤独感に、
年に何度か、私は襲われる。

（二十三年十月二十二日）

旅枕

花見むと墓参の旅を急げるも
柊木犀《ひひらぎもくせい》　既に散りぬる

咲き残る湯月《ゆづき》城址《し》の萩の花
句会帰りの老人《ひと》と楽しむ

鈍川《にぶかは》の荒き清流《ながれ》に浮き沈む
木《こ》の葉を我は魚《うを》と見紛《まが》ふ

砂白く岩また白き渓谷の
岩咬む水は更に白きぞ

旅枕　妻の寝息に問ひかくる
我と来たりて悔いはなきかと

（二十三年十月二十七日）

難しい

空に笑う。空も笑う。
雲に笑う。雲も笑う。
山に笑う。山も笑う。
颪に笑う。颪も笑う。
花に笑う。花も笑う。

人に笑う。
けれども、人は笑わない。

噛み合わないのがもどかしい。
人と人とは難しい。

人が笑う。
けれども、私は笑わない。
私もけっこう難しい。
相手は怒っているだろう。
人間同士は難しい。

（二十三年十月二十九日）

錯覚

世人は、とかく、
ある人物の一面だけを見て、

その人物に好意を持ったり悪意を抱いたりしがちだ。
その人物を尊敬したり軽蔑したりしがちだ。
すなわち、世人は、
その人物の限られた一面だけを見て、
その人物のすべてを判断しがちだ。

けれども、世人に判断できるのは、
その人物の人格や力量のごく一部分にすぎない。
氷山の一角にすぎない。
世人は、
海面の下に隠れている氷山の大部分のことなど、
何も知りはしないのだ。
否、世人の目に映っているその人物の一面さえ、
世人が勝手に作り上げた、

只の幻影にすぎないのかもしれないし、
あるいは、
その人物自身が故意にそう見せかけているだけの、
単なる虚像にすぎないのかもしれないのだ。

一部分でしかないものを、
全体と見誤る錯覚。
幻影や虚像でしかないものを、
実体や実像と見違える錯覚。
世間は、この種の錯覚に、
なんと満ちあふれていることだろう！
この種の錯覚から生じる悲劇や喜劇に、
なんと満ちあふれていることだろう！

（二十三年十一月四日）

自戒

耳がだんだん遠くなる。
左右の耳が遠くなる。
心の耳も遠くなる。
詩神の声が遠ざかる。
自然の声も遠ざかる。

子供の頃は聞こえてた。
かなりはっきり聞こえてた。
それが、今では聞こえない。
ぼんやりとしか聞こえない。
それだけ年を取ったんだ。

年取ることは慣れること。
慣れれば、それだけ鈍くなる。
耳も心も鈍くなる。
鈍るな、慣れるな、年取るな。
心に年を取らせるな。
心の耳を研ぎ澄ませ。
驚け、喜べ、泣け、笑え。

春には春の声を聞け。
花や小鳥の声を聞け。
夏には夏の声を聞け。
風や野山の声を聞け。
秋には秋の声を聞け。
虫や草木《くさき》の声を聞け。
冬には冬の声を聞け。

雪や氷の声を聞け。

何でも何か喋《しゃべ》ってる。
何でも何か語ってる。
子供の耳には聞こえてる。
鋭い耳には聞こえてる。
子供の耳をなくするな。
幼い心、忘れるな。

（二十三年十一月十六日）

眼鏡

子供は自分の目を持たぬ。
もの見る心の目を持たぬ。

だから、大人が掛けさせる。
年齢《とし》に応じた眼鏡をば、
順次、子供に掛けさせる。
三《みっ》つになれば三《み》つ用の、
八《やっ》つになれば八《や》つ用の、
十五になればそれなりの、
眼鏡を大人が掛けさせる。
それを掛ければ、少しずつ
世間のことが見えてくる——
そんな眼鏡を掛けさせる。

けれど、大人が掛けさせる
眼鏡は、あくまで子供用。
きれいな虚像が見えがちで、
この世の中の現実の

姿は、なかなか見えはせぬ。

子供が大人になるためにゃ、
ほんとに自立するためにゃ、
こんな眼鏡は投げ捨てて、
自分で直接ものを見る
目を持つことが、不可欠だ。
きれい事やら絵空事
やらをいっぱい詰め込んだ
子供の世界、卒業し、
この人の世の現実を
ただ有りのまま見透かせる
大人の視力、持つことが、
どんなことより肝要だ。

末頼もしい若者よ、
失礼ながら尋ねるが、
君は見てるか？　物事を
自分の眼《まなこ》で見ているか？
昔、大人に掛けられた
眼鏡を、今も掛け続け、
嘘を真実《まこと》と見てないか？

昔の眼鏡は外しても、
新たな眼鏡で見てないか？
主義・信条だの教えだの、
はたまた常識・噂だの、
いろんな眼鏡があるけれど、
自分自身でものを見る
目を苦労して育てずに、

他人《ひと》の眼鏡を借りて、見て、
それで満足してないか？
自分自身は自立した
つもりであっても、その実は、
誰かに自分を乗っ取られ、
支配を受けていはせぬか？

（二十三年十一月二十三日）

達観

どこまで行《ゆ》けど満たされぬ
我が身に、我は戸惑はず。
どこまで行けど悟りえぬ
我が身に、我はうろたへず。

満たされたらば、明日はなし。
悟りえたらば、生き止まり。

明日を求むる我なれば、
今日満たさるるはずもなし。
死ぬるまで生く我なれば、
今悟りうるはずもなし。

（二十三年十一月二十五日）

晩秋の紅葉の寺にて

竹馬の友に誘はれて、
しみじみものの思はるる

ある秋の日に、西山の
紅葉《もみぢ》の寺に参りたり。

寺の楓《かへで》は、薄晴れの
淡き日差しに照らされて、
緑・橙《だいだい》・赤・黄色、
思ひ思ひに映ゆるかな。

路傍の落ち葉眺むれば、
今を盛りと色づける
美しき葉の行《ゆ》く末の
姿が、胸に迫るかな。

紅葉よ、紅葉、などて染《し》む。
心に染みて我を揺る。

紅葉よ、紅葉、などて散る。
散りて心を波立たす。

友と昔を語らへば、
若かりし日が偲《しの》ばれて、
無常の甘くほろ苦き
思ひが、胸を突けるかな。

（二十三年十一月二十八日）

転ばぬ先の杖

転んで膝を擦り剝いて、
痛い思いをした親は、
自分のかわいい子供には

そんな思いはさせまいと、
子供が転ぶより先に
口であれこれ言い聞かせ、
転ばぬように戒める。
親とは、そういうものだろう。

けれども、親から聞くだけで、
我が身が経験しなければ、
どんな痛みも他人事《たにんごと》。
どんな親身な戒めも、
所詮は馬耳に東風だ。

自分で火傷《やけど》してみなきゃ、
火傷の痛み、分かりゃせぬ。
自分の骨を折らなけりゃ、

骨折るつらさ、知れやせぬ。
子とは、そういうものだろう。

小さな怪我なら、それでいい。
親の教えを聞かずとも、
経験してみて学びゃいい。

けれども、怪我も色々で、
命をなくす怪我ならば、
次の機会はありえない。
たとえ命は保てても、
後《あと》に障りが残っては、
そこから学んだ教訓を
生かせないかも分からない。
だから、やっぱり僕たちは、

転ばぬ先の杖として、
子供に教えるほかはない。

国と国との戦いの
不毛な結果知る人は、
国と国との争いの
悲惨な結果知る人は、
次の世代の人々に、
平和がいかに貴《たっと》いか、
口酸っぱくし説き聞かす。
人とは、そういうものだろう。

だけど、他人《ひと》から聞くだけで、
直接経験しなければ、
若い人には分かるまい。

戦争するということが
どういうことか、分かるまい。
上辺の意味は分かっても、
その実体は分かるまい。

経験した人、しない人――
両者の間《かん》に横たわる
溝は、広くてかつ深い。
その溝越えることなどは、
人間業じゃ無理だろう。
到底、可能と思えない。

それでも、やっぱり僕たちは、
未来を担う人々に
語らないではいられない――

戦争するということは、
飢えることだと、心身が／
戦争するということは、
なくすことだと、何もかも／
戦争するということは、
むごい悪だと、何よりも。

（二十三年十二月二日）

冬を食らひて

真冬にも緑をまとふ常磐木《ときはぎ》の
森ぞ賑はふ　あまたの鳥で

薄日受け艶やかに照る柚子《ゆず》の実よ
冬を食らひて汝《な》は輝くか

寒々と空を覆ふな冬の雲
間近き妻の誕生日には

（二十三年十二月六日）

立派な人

生まれつき心の清らかな人が、立派なのかね？
最初から心の清らかな人が、立派なのかね？
そういうふうに生まれついただけなのに？
心を清らかにするための何の努力もしていないのに？

そうかなあ？
人が立派だということは——
人格が尊敬に値するということは——、
そういうことなのかなあ？
僕には、そうは思えないんだ。

心の清らかでない人が——
心の中にいろんな濁りや汚《よご》れを持っている人が——、
そうした自分に深く思いを致し、
少しでも心をより清らかにしようと懸命に努力することこそが、
真の意味で立派なことじゃないのかな？
そういう人こそが、真に尊敬に値するのじゃないのかな？

（二十三年十二月十九日）

生ける証か

知り人が次々逝《ゆ》けるこの冬は
寒さ・寂しさ　いとど増されり

今少し生きてゐたくはありながら
世を去る人を羨みもする

去りぬれば既に憂き世の煩悩に
悶《もだ》ゆることも絶えてなければ

人いかに年重ぬれど世にあらば
悩みの種は尽くることなし

老ゆれども尽きぬ不安に苦しみは
人がこの世に生ける証《あかし》か

（二十三年十二月二十日）

年頭所感

初雑煮あれから既に一年《ひととせ》か
一年が駆け抜けゆける速さかな
駆くれども変はらぬことの繰り返し
地球ごと　くるりと回り　また元へ

「進む」とは夢か願ひか錯覚か
「進む」より「あり」をば愛《め》でむ老いたれば
餅を食ひ年を食らひて昼寝かな

（平成二十四年一月一日）

六十九歳の誕生日に

六十九年生きてきた。
これからどれだけ生きるやら。
それは誰にも分からぬが、
ただ寝て食って、漫然と
生きてるだけでは、つまらない。

何か目掛けて生きなくちゃ。
何か目指して生きなくちゃ。

今の私が目指すのは、
自分に合ったやり方で
世人の役に立つことだ。
そんな私にできるのは、
六十九年の経験を
六十九年の知恵で濾《こ》し、
誰にも分かる日本語で
愚直に綴ることだけだ。
美化・粉飾を排除して、
人間としての我が姿、
包み隠さず有りのまま、
世人にさらすことだけだ。

世間体をばはばかって
取り繕うは、誰もする。
自分を大きく見せようと
装い飾るは、皆がする。
それでは偽善が支配する。
それでは虚飾が支配する。

私が裸をさらすのは、
私通《とお》して人間の
正味を伝えたいからだ。
世人の人間認識に――
真の人間認識に――
貢献したいからなのだ。

私は、所詮、へぼ詩人。
ほんとの詩人にゃ程遠い。
けれど、へぼならへぼなりに、
へぼの心を通すのだ。
愚直の心、通すのだ。

（二十四年一月二日）

陰　影

幸福な環境に生まれ、そこで育った人々は、
物事をあまり深く考えようとしない、
現状満足型の人間になりがちだ。
彼らは、概して、明朗で温和で鷹揚《おうよう》だが、
反面、常識的で因習に支配され易く、

人格に深みが足りないという欠点を伴いがちだ。
物事を深く考える必要のない恵まれた環境が、
平板で陰影に乏しい人格を作るのだ。

彼らは、
「人間とは何か?」、
「人間はどう生きるべきか?」、
「人間社会はいかにあるべきか?」、
というような疑問に次々取りつかれて、
真剣に苦悩することも、
めったにないだろう。

逆に、
不幸な境遇に生まれ、そこで育った人々は、
物事を突き詰めて考えようとする傾向が強い。

自分が置かれている現状への不満や憤りが、
彼らの思考を深めさせるのだ。
人間悪や社会の矛盾に対する彼らの洞察力や批判力は、
鋭く研ぎ澄まされ、
彼らの内部には、
暗い生命力がうずたかく蓄積される。
その人格は暗くとげとげしいものとなりがちだが、
それは、反面、陰影に満ちた深みのある人格でもある。

彼らのそうした人格と生命力は、
時には、優れた芸術作品を生み出す源泉になることもある。
更には、常識や因習を打破する、
社会変革の強力な原動力になることもあるのだ。

（二十四年一月七日――八日）

冬の水仙

冬に花咲く水仙は、
冬の寒さを忍びかね、
冬の暗さに耐へかねて、
氷雨に顔を濡らしつつ、
空を見上げて歌ふなり。
「光の雨よ、降れかし」と、
身を震はせて歌ふなり。

されど、か細き歌声は、
憂き雪雲に遮られ、
青き天には届きえず、
優しき日にも達しえず、

空しく消ゆる定めなり。
光の雨はつゆ降らず、
降るは冷たき氷雨のみ。

ああ、いぢらしき水仙よ、
などて汝は春待たず、
寒さ厳しき冬に咲く。
光乏しき冬に咲く。

（二十四年一月九日）

あったかい

外を歩けば、太陽が、
老いた背中にあったかい。

冷たい風は吹くけれど、
降り注ぐ日があったかい。

他家《よそ》の垣根の山茶花《さざんか》の
紅が、この目にあったかい。
寒気を包むように咲く、
その優しさが、あったかい。

寂れた池に鴨が二羽。
夫婦だろうか、あったかい。
互いに合わせ寄り添って
泳ぐ姿が、あったかい。

この正月にやって来た
孫の体が、あったかい。

孫をこの手で抱き締めた、
その思い出が、あったかい。

家《うち》に戻れば、「お帰り」と、
妻の笑顔があったかい。
こさえてくれた甘酒が、
冷えた体にあったかい。

今は真冬だ。おお寒い！
だけど、どこかがあったかい。
寒いけれども、あったかい。
寒いからこそ、あったかい。

（二十四年一月十四日）

冬の愛

僕の足音聞きつけて、
うろたえ慌てふためいて、
草の陰からばたばたと、
二羽の小鳥が飛び立った。

どうして僕を恐れるの？
どうして僕から逃げ出すの？
悪いことでもしていたの？
こっそり何かしていたの？

慌てて逃げるお二方、
何をしてたか知らないが、

こんなに寒い冬の空、
肌寄せ合って抱き合って、
仲よく睦んでいたのなら、
なにもおびえることはない。

無粋ではないこの僕が、
覗《のぞ》き込んだりするものか。
どんなに熱い仲であれ、
言い触らしたりするものか。

（二十四年一月三十日）

どんと来い

立春二日前の朝。

この冬きっての冷え込みだ。
部屋の気温は零下四度。
汲《く》み置《よ》きの水も凍ってる。

寒くてたまらないけれど、
負けてなるかと外に出りゃ、
ぶすぶす風が突き刺さる。
ばしばし雪にたたかれる。
痛いくらいだ、この寒さ。
冬の散歩は楽じゃない。

まこと、寒さは公平だ。
年寄りだとて容赦せぬ。
手加減せずに攻めまくり、
一人前の扱いだ。

そこがいいのさ。憎いのさ。
甘えてなんぞいないから、
遠慮しないで攻めてこい。
差別しないでどんと来い。

（二十四年二月二日）

馬鹿でいい

有りのままなる我が姿、
他人《ひと》にさらして笑われて、
誤解・偏見抱かれて、
悪意・敵意に満ち満ちた
虚偽情報を流されて、

家人を泣かせ、自らも
社会の信用失った。
そんな私は馬鹿なのか？
そんな生き方、空しいか？

有りのままなる己《おの》が身を
虚飾で隠し、偽りの
顔で生きるが、賢いか？
人間いかにあるべきか、
まともに考えようとせず、
事なかれ主義に埋没し、
周りと同じことを言い、
周りと同じことをして、
無難に生きるが、賢いか？

自分と違う生き方を
包容しうる度量欠き、
自分と違うというだけで、
嘲笑したり揶揄《やゆ》したり、
差別をしたり憎んだり、
はなから悪と決めつけて、
闇に隠れて徒党組み、
罪なき者を罰したり――
それが賢い生き方か？

有るがままなる我が姿、
見つめぬ先に道はなし／
美醜併せたその姿、
目を逸《そ》らさずに飾らずに
見つめることが、求道の

第一歩なのだ／初歩なのだ——
そう考えるこの私。
それを馬鹿だと言うのなら、
馬鹿で結構。馬鹿でいい。

（二十四年二月七日）

人は自分を見つめない

人は自分を見つめない。
人は他人《ひと》しか見つめない。
粗《あら》を探して目を凝らし、
瞳拡大鏡にして、
些細《ささい》な瑕疵《きず》も見逃さぬ。
人はこの世の閻《えん》魔さま。

他人に過酷な閻魔さま。

他人の短所や欠点を
見つけりゃほっと安心し、
優越感が湧いてきて、
なんだか嬉しくなってくる。
独り自分の胸だけに
とどめておくのは惜しまれて、
陰に隠れて言い触らす。
尾鰭《ひれ》を付けて言い触らす。

それを歓迎する人が
多数いるのが、人の世だ。
だから、世の中変わらない。
どうにもならぬ俗世間。

人は自分を見つめない。
見つめりゃ自分も粗だらけ。
そんな自分にゃ耐えられぬ。
だから、自分を見つめない。

人は自分を見つめない。
見つめりゃ何も言えはせぬ。
他人のことなど言えはせぬ。
だから、自分を見つめない。

見つめなければ極楽だ。
だから、ほとんど無意識に、
至らぬ自分棚に上げ、
他人の落ち度をこき下ろす。

これも自衛の本能か。
自己中心の本能か。
動物である宿命か。
このさもしさは宿命か。

人は気ままな閻魔さま。
他人にはつらく厳しいが、
自分にゃ甘い菩薩《ぼさつ》さま。
そんな自分に気が付けば、
人は大きくなれるけど、
そういう人は少数だ。
自分の粗を直視して、
他人の粗にも寛容に
対せる人は、少数だ。

そういう人が多数なら、
そういう人が主流なら、
憂き世は、もっと生き易く
住みよい場所に変わるのに。……
そんな戯言《たわごと》連ねても、
所詮空しい俗世間。

（二十四年二月十日）

神秘喪失

以前、そこには竹藪があった。
私の背丈の何倍もありそうな大竹が、

うっそうと生い茂り、
その奥に、江戸時代の高名な儒学者の石碑が、
厳かにたたずんでいた。
四方は、昼なお薄暗く、
いかにもこの世ならぬものでも潜んでいそうな、
深い陰影に満ち満ちていた。
そこには、空恐ろしいような、
それでいて胸がどきどき高鳴るような、
神秘の気配が、
至極濃厚に漂っていた。

今、その竹藪はない。
新たに大規模な宅地を造成するために、
すっかり伐《き》り払われてしまったのだ。
神秘を宿していた陰影も、

ことごとく取り払われてしまった。
あの石碑は、
今や丸裸にされて白日のもとにさらされ、
殺風景な造成地の片隅に、
ただぽつんと所在なげに突っ立っているだけだ。
太陽の光は、
怪しげな魑魅魍魎《ちみもうりょう》からそのねぐらを奪っただけでなく、
甘やかな幻想の泉をも干上がらせてしまった。
もう怖くも何ともなくなった。
ときめくこともなくなった。

（二十四年二月十七日）

万年青年

若い。
田んぼを覆っている真っ白な雪が、若い。
その雪の下から顔を覗《のぞ》かせている土の色が、若い。
その土にへばり付いている草の色が、若い。
空も若い。
雲も若い。
風も若い。
何もかもが若々しく感じられる、この早春。
そうなのだ。春そのものが若いのだ。
けれども、何よりも若々しいのは、太陽だ。
雪を解かし、氷を解かし、冬を解かし、

大地を温め、木々を温め、草々を温め、
私の体を温め、私の心を温めてくれる太陽――
そのぬくもりは、私が子供だった頃と少しも変わらない。

あれから六十余年――
私は老いぼれて、
私の体も心も、すっかり冷え切ってしまった。
しかし、太陽は、老いることを知らないように、
相変わらず暖かい。
否、相変わらず熱く燃えている。
ああ、若いなあ。熱いなあ。
太陽は万年青年だ！

（二十四年二月二十一日）

河井寛次郎記念館にて

どっしりとかつ軽やかに舞へる人
我が心までそぞろ浮き立つ

抑制と自由が同居する心
自我を殺して自己を生かして

道を行《ゆ》く我が道を行く独り行く
友はあれども道は我が道

名匠と呼ばるるほどの人なれば
その尊称に縛られもせず

（二十四年三月一日）

初孫の焼き餅

初孫《うひ》が駄々こねたかる年となる
自我の芽生えか　はた焼き餅か

おとなしき三歳の子の我がままは
弟《おとと》と競ふ兄の焦りか

去年《こぞ》までは独りで占めし父母の愛
今は弟と分け合ふ身なり

一歳に満たざる弟　我《わ》が抱《いだ》けば
いと羨ましげに我らを見つむ

あはれなり　されど忍びよ初孫よ
先に生まれし者の定めを

年齢の隔てはあれど隔てなし
汝《なれ》らを思ふ父母の愛には

いざ来たれ　いざや抱かむ我が孫よ
汝も等しくいとしき者ぞ

（二十四年三月七日）

望　郷

自分をうまく収め切れない世界で、
いささか立ち往生気味の私。

なんとなく異邦に紛れ込んだような、
そんな居心地の悪さを日々痛感している私。

帰りたいと思う／
ただひたすらに、帰りたいと思う——
私の古里へ。
帰れることを願う／
ただひたすらに、帰れることを願う——
心の古里へ。

しかし、どうすれば帰れるのだろう？
私の心の古里は、どこに存在するのだろう？
そもそも、私の心の古里とは、いったい何なのだろう？

これらのことが、長い間、私には謎だった。

私が求めてやまない心の古里は、
私自身にさえ、
漠然としていて取り留めのない、
まるで影のようなものでしかなかった。

けれども、その謎が、昨夜、突然解けたのだ——
昭和の古い歌謡曲の数々を集めた、
テレビの音楽番組を視聴しているうちに。……

そうなのだ。
私は、それらの歌謡曲が巷《ちまた》に流れ、
多くの人々に愛唱されていた、
あの遠い昔に帰りたいのだ。
私がまだ幼かった昭和二十年代……。
そして、私がまだ若かった昭和三十年代……。

（あの頃は、新生日本の国そのものが、
まだ幼く、若かった。）
あの頃の私は、
人間や人間社会の理想や正義を、
まだ単純に信じ切っていた。
更に、あの頃の私は、
自分や人間や人間社会の未来に、
まだ十分に夢や希望を抱いていた。
つまり、あの頃の私は幸せだったのだ。
だから、あの頃が、私の心の古里になっているのだ。

今、満六十九歳に達した私は、
人間や人間社会の理想や正義に対して、
極めて懐疑的だ。
今、年老いた私には、前途も未来もなく、

したがって、夢も希望もなきに等しい。
今の私は、いたずらに死の訪れを待っているだけの、
干からびた老いぼれでしかない。
だからこそ、今の私は、自分が、
理想や正義を一途《いちず》に信じることができ、
未来に明るい夢や希望を素直に抱くことができた頃が、
余計に——そして無性に——懐かしくてならないのだろう。
あの頃の幸せな自分に戻りたくてならないのだろう。
（私が、昔覚えた唱歌や懐メロを、
今も機会あるごとに好んで口ずさむのも、
きっとそうした潜在願望の表れに違いない。）
そのことを、私は、昨夜、
はっきりと悟ったのだ——
そして、そんな自分には、
思い出の中でしか二度と戻れるはずがないことをも。……

大人になるってつまらない

幸せってどういうものか、知ってるかい？
それはね、
人間を素直に信じられるってことなのさ。
人間社会の理想や正義を、
素直に信じられるってことなのさ。
人類の未来や自分の未来を素直に信じられ、
それらの未来に対して、
夢や希望を素直に抱けるってことなのさ。
それが、幸せってことなのさ。

（二十四年三月十五日）

けれど、そんな幸せは、
人生の深い闇をまだ何《なん》にも知らない、
未熟な若者だけに許される特権なんだ。
人生経験が乏しいために人生の表層しか見る力のない、
おめでたい若者だけに認められる特権なんだ。

だけど、そんな若者だって、
やがては、
否応《いや》なく人生の経験を積んでいかざるをえないのさ。
そして、人生の経験をしこしこと積んでいるうちに――
つまり、手痛い失敗を何度も繰り返しているうちに――、
世の中はそれほど単純なものじゃないってことが、
だんだん分かってくるのさ。

すなわち、物事には、

表面だけじゃなくて必ず裏面があり、
日の当たる面だけじゃなくて必ず日陰の面があり、
実《じつ》の部分だけじゃなくて必ず虚の部分があり、
むしろ、そうした隠微な面や部分にこそ、
本質的な意味が秘められている場合が少なくないってことが、
だんだん分かってくるのさ。
そして、そういうことが分かってくることを、
大人になるって言うんだよ。

十九世紀末から二十世紀初頭にかけて活躍した、
イギリスの小説家ジョウゼフ・コンラッドは、
若者の世界と大人の世界とを区切っている境界線のことを、
「シャドウ＝ライン」と呼んでいるけれど、
人間、誰だって、大人になるためには、
いつかは、

この「シャドウ＝ライン」を越えなくっちゃならないのさ。

大人ってのはね、
若者のように、何の現実的な根拠もなしに、
ただ頭の中だけで、
例えば、理想だの正義だの未来だの夢だの希望だのといった、
快い観念をこね回しているのじゃなくて、
人生の様々な難問を的確に把握し、
これらを現実的にうまく処理していける人のことを
言うんだ。
僕たちがそれぞれの人生を大過なく全うするためには、
しかるべき時期に「シャドウ＝ライン」を越えて、
ちゃんとした大人にならなきゃいけないのさ。
だって、僕たちは、一人前の大人にならない限り、
この厳しい人生を無事に生きていくことなんか、

とてもできやしないんだから。

だけど、一旦大人になってしまえば、
もう二度と、
人間や人間社会を――
そして、その理想や正義を――、
素朴に信じることなどできやしない。
人類の未来や自分の未来に対して、
脳天気な夢や希望を抱くことなど、
二度とできやしない。
もう単純に幸せになど、
決してなれやしないんだ。

あーあ、大人になるってつまらないなあ！　……
つまらないけど、しょうがないよね。

耐えて生きなきゃ、しょうがないよね。
これが、人間に生まれたことの定めなんだから。

（二十四年三月十七日）

春だった

恋人みたいに恋しくて、
春を探しに行ってみた。
待ち切れなくて待てなくて、
春を迎えに行ってみた。

春は木《こ》の葉と踊ってた。
春は茂みで歌ってた。
春は野道に咲いていた。

春は川面《も》に光ってた。

流れる風が春だった。
浮いてる雲が春だった。
畑の麦が春だった。
土手の土筆《つくし》が春だった。

至る所に春がいた。
心ときめく春がいた。
至る所が春だった。
胸弾ませる春だった。

春をいっぱい吸い込んで、
足取り軽く帰ったら、
庭で私を出迎えた

妻の笑顔も、春だった。

（二十四年三月二十八日）

弾んでいる

春の空が弾んでいる。
春の太陽が弾んでいる。
春の風が弾んでいる。
春の土が弾んでいる。
春を迎えた万物の命が、弾んでいる。
草も木も鳥も獣も何もかもが、弾んでいる。
人も弾んでいる。

女が弾んでいる。

女の血が、女の肉が、女の性が、女の命が、
美しく弾んでいる／
たおやかに弾んでいる――
来たるべき春の出来事に備えて。

男も弾んでいる。
男の血が、男の肉が、男の性が、男の命が、
美しく弾んでいる／
力強く弾んでいる――
春への期待に満ち満ちて。

おお、命弾ませる春よ！
おお、命たぎらせる季節よ！

（二十四年三月三十日）

第七章　遠ざかる

（平成二十四年四月――九月）

因果なロマンティシスト

人は、見えないものが好き。
目には見えないものが好き。
だから、理想が好きなんだ。
だから、夢想が好きなんだ。

人は、遠くのものが好き。
ぼんやりしてるものが好き。
だから、未来が好きなんだ。
だから、希望が好きなんだ。

人は、欠けてるものが好き。
自分に欠けてるものが好き。

憧れうるから好きなんだ。
恋い慕えるから好きなんだ。

心の中で美化できて、
自由に膨らすことできて、
勝手な虚像楽しめる——
そういうものが好きなんだ。

見えるものでは満たされぬ。
持ってるものではもの足りぬ。
だから、遠くに手を伸ばす。
どうせ、おんなじことなのに。

見えないうちが花なんだ。
持たないうちが福なんだ。

見えてしまえばつまらない。
持ってしまえば味気《け》ない。
人は、因果な生きものだ。
ロマンティックな生きものだ。

（平成二十四年四月一日）

早春の富士山麓にて

富士の嶺《ね》の白き前掛け　かはいらし
雲が構ふも　むべなるかなと
独り立つ汝《なれ》も群るるを好まずや
青空とさへ溶け合ひもせで

天然の氷の芸に息を吞む
富士山麓の穴に潜りて

湯煙が白き肌より立ち上る
西《さい》湖の富士は湯上がりの美女

我を見て妻が指差す蕗《ふき》の薹《たう》
今早春か富士の麓は

野風呂から富士を見たしと言ふ妻が
まことをかしく　またいとほしく

がうがうと木々を揺るがす山風に
滝の音かと耳をそばだつ

精進湖《しやうじ》の山より望む別天地
かくも広きか富士の裾野は

とりわけて世辞は言はざる甲斐人《びと》の
その飾らざる真心ぞ染《し》む

美しく気高き富士と別れかね
姿を見つむ妻の嫉《や》くほど

（二十四年四月八日）

片思ひ

我は汝《なれ》　疎水の桜花《はな》に見惚《と》るれど
汝は見つむな老いたる我を

美しき汝の真下にたたずめば
かかる我が身の　いと恥づかしき

仰ぎ見て　そぞろ悲しき我が心
恋は悲しと改めて知る

美を愛《め》づる思ひは更に高まりぬ
身の衰へに反比例して

（二十四年四月十一日）

桜と私

桜、なぜ咲く、あでやかに。
咲いて私を惹きつける。
いかに妖しく咲いたとて、
蜂や蝶ではない私、
汝の蜜は吸えまいに。
悶《もだ》えることしかできまいに。

桜、なぜ散る、はらはらと。
散って私に降りかかる。
いかにこの身に触れたとて、
どうせ我らは花と人、
所詮、一つにゃなれまいに。

悶え合うしかあるまいに。

（二十四年四月十九日）

若者に真実を

若者は無知だ。
人生経験が乏しいからだ。
自分の目で真実を把握する力が、
まだ十分には備わっていないからだ。
だから、若者には、
真実の表面しか見えていないのだ。

若者は無知だ。
自分が見たくない真実には、目を塞ぐからだ。

自分の目に快い真実しか、見ようとしないからだ。
だから、若者には、
真実のごく一部分しか見えていないのだ。

若者は無知だ。
大人が真実を教えないからだ。
そんな大人の言葉を鵜《う》呑みにするからだ。
だから、若者には、
真実の虚像しか見えていないのだ。

大人は、なぜ若者に人間の真実を教えないのだろうか――
人間には美しい面だけではなく醜い面もある、ということを／
人間には善良な面だけではなく邪悪な面もある、ということを／
人間は基本的にはちっぽけなものだ、ということを。
たぶん、若者が人間不信に陥ることを

恐れるからではあるまいか。

大人は、なぜ若者に人生の真実を教えないのだろうか——
人生には楽しいことも全くないわけではないが、
つらく苦しいことの方が遥かに多い、ということを。
たぶん、若者が人生に絶望してしまうことを
恐れるからではあるまいか。

けれども、私たち大人は、
若者に対して、
もっと早い時期から徐々に真実を教えるべきなのだ。

なぜなら、真実を知らない若者は、
とかく、自らの未熟な理想主義に急《せ》き立てられ、
他者に対して不寛容に、過酷に振る舞いがちだからだ。

なぜなら、真実を知らない若者は、
狡猾な大人からその無知に付け込まれて、
格好の餌食にされる虞があるからだ。

なぜなら、真実を知らない若者は、
大人の利益や野心のために巧みに利用され、
恐るべき目標に向かって暴走してしまう危険があるからだ。

なぜなら、真実を知らない若者は——
美しい絵空事を常々聞かされている若者は——、
人間や人生に過大な期待を抱きがちで、
その期待が裏切られたとき——
いつかは必ず裏切られざるをえないのだが——、
その期待は、反動的に、

人間や人生への極端な不信や絶望と化して、
若者があらかじめ真実を教えられていた場合よりも、
ずっと深く、
若者の心をむしばんでしまう懸念があるからだ。

だからこそ、私たち大人は、
若者に対して、
もっと早くから真実を教えるべきではないかと、
私は思うのだ。

（二十四年四月十九日――二十日）

御室の桜

遅咲きの御室《おむろ》の花も盛り過ぎ
風に吹かれてはらはらと散る

美しき花散りゆくは寂しきに
風よ散らすな心の春を

散り果ても近き桜の園にあり
八重の花のみ　など盛んなる

傍らの妻に心を遣ひつつ
美花の吐く息　密やかに吸ふ

（二十四年四月二十六日）

四月の夢

四月の風がこんなにも
花に優しく吹くならば、
私も花になろうかな。
私もリラになろうかな。
風に抱かれて愛されて、
愛に溺れてみようかな。

四月の花がこんなにも
甘い香りで誘うなら、
私も虫になろうかな。
私も蝶になろうかな。

花にもらった蜜に酔い、
春の夢でも見ようかな。

四月の空がこんなにも
明るく自由な世界なら、
私も鳥になろうかな。
私も燕になろうかな。
翼広げて海を越え、
果てまで飛んでみようかな。

四月の光がこんなにも
緑潤す清水なら、
私も木《こ》の芽になろうかな。
柿の若芽になろうかな。
どんどん伸びてまた伸びて、

天に届いてみようかな。

（二十四年四月二十七日）

息子の不惑の誕生日に

晴れ晴れと晴れ渡りたる山寺の
空に向かひて子の幸祈る

光陰は　げにも見えざる飛矢《ひし》ならむ
あの童《わらはべ》が早《はや》不惑とは

しかれども惑はば惑へ我が息子
鉄の心を我は好まず

事あらば惑ひ迷ふは人の常
惑ひの中に良き道はあり

門前の街で地産の酒を買ふ
心ばかりの贈り物にと

（二十四年五月一日）

若葉

楓《かえで》の若葉がきれいだね。
ちらちら風に揺れている。
きらきら朝日に映えている。
秋の紅葉《もみじ》もいいけれど、
初夏の青葉もすてきだね。

すがすがしいね、若さがね。
若い緑が涼しいね。
若い緑にあふれてる
若い命が、まぶしいね。

（二十四年五月三日）

虫の恋？

牡丹に虫が止まってる。
何という名か知らないが、
ぶんぶん飛んでるでかい奴。
花の命を吸い取って、
枯らしてしまう憎い奴。
黄色い花芯に抱きついて、

うっとりしてる。眠ってる。
ぴくりともせず眠ってる。

蜜を吸ったか、そんなにも。
蜜に酔ったか、それほども。
それとも、恋に酔ったのか。
花への恋に酔ったのか。
虫でも花がいとしいか。
いとしむ心が分かるのか。
風流だなあ、こ奴めも。
このままそっとしておこう。

（二十四年五月三日）

恋と愛

男女が育む感情に
恋と愛とがあるけれど、
恋と愛とは違うのか？
違うとすれば、どう違う？
今もよく聞く疑問だが、
恋と愛とは違うのさ。
恋も愛ではあるけれど、
愛の一種じゃあるけれど、
恋人同士の愛であり、
夫婦の愛とは大違い。

恋する者は盲目で、

相手の姿が見えてない。
見えているのは幻だ。
自分が作った幻だ。
自分の望みに合うように、
自分の好みに合うように、
現実見ずに練り上げた、
自分本位の幻だ。

そこにあるのは愛じゃない。
相手いとしむ愛じゃない。
相手の本性《せい》見極めて、
相手も同じ人間と――
善悪美醜すべて持つ、
自分と同じ人間と――
分かった上で、温かく

優しく包む愛じゃない。
それが愛なら自己愛だ。
自己への愛が根本だ。

恋とはそういうものなんだ。
相手が自分の影だから——
自分のエゴの影だから——、
恋することができるんだ。
もしも相手が有りのまま
見えたら、恋などできまいよ。
自分と同じエゴを持つ
その正体が見えたなら、
恋はたちまち終わるだろ。
だから、たちまち終わるんだ。

結婚すれば終わるんだ。
結婚するということは、
隠しも飾りももうできぬ
互いの素顔の現実と、
まともに向き合うことだから。
互いの甘い虚像など、
生きて残れるはずもない。
幻消えて夢覚めて、
恋ははかなく凋《しぼ》むのさ。

恋が凋んだその後《あと》に
生まれてくるのが、愛なのさ。
一緒に暮らしているうちに、
恋の残骸《むくろ》に芽を吹いて、
次第に育つ優しさが——

一つの運命共にする、
生と性とで結ばれた、
掛け替えのない道連れを
いとしく思う優しさが――、
夫と妻の愛なんだ。

互いの素顔知り合って、
互いの本音知り合って、
そんな互いの実体を
理解し合って受け入れて、
優しく抱《いだ》くぬくもりが――
死がその仲を分かつまで、
育ち続けるぬくもりが――、
妻と夫の愛なのさ。

（二十四年五月六日）

美しい女よ

美しい女《ひと》よ、
君は、どうしてそんなにも美しいのか。

君は、麗しい花をいつも見て育ったのか。
君は、かぐわしい花の香りにいつも包まれて育ったのか。
君は、快い小鳥のさえずりをいつも聞いて育ったのか。
君は、ロマンティックな詩や小説をいつも読んで育ったのか。
君は、甘い夢をいつも食べて育ったのか。

だから、君は、そんなにも美しいのか。

それとも、美しい女よ、

君は、人間の醜い実体をいつも見て育ったのか。
君は、人間社会の汚い泥水をいつも飲んで育ったのか。
君は、そんな醜さや汚さをいつも糧として、
こんなにも美しく育ったのか――
多くの花々が、汚物や汚泥を肥やしにして――
つまり、自分を生長させる養分に変えて――、
美しく育つように。

もしそうなら、
君は、何倍も深い美しさを湛《たた》えた女なのだ――
単に美しいだけの女よりも。

（二十四年五月八日）

果報者

僕の女房《にょうぼ》は名コック。
料理に工夫の才がある。
どうすりゃ美味にできるかと、
いつも研究熱心で、
肉でも魚《うお》でも野菜でも、
腕に縒《よ》り掛け張り切って、
うまい料理にしてみせる。

たまには見事に失敗し、
食えぬ料理も作るけど、
薄味なのを我慢すりゃ、
だいたい僕の口に合う。

季節季節の手料理が、
うるさい僕を喜ばす。

「うまい！」と言えば喜んで、
「そう。良かった」と微笑する。
料理を僕に食べさせて
喜ばすのが、好きなんだ。
自分の作った手料理が
他者《ひと》喜ばせれば、嬉しいんだ。

だから、料理に掛けるんだ。
気持ちと手間を掛けるんだ。
だから、料理は真心だ。
優しい妻の愛情だ。
だから、食事が楽しみだ。

三度三度が楽しみだ。
三度の食事楽しめる
僕は、ほんとに果報者。

（二十四年五月十二日）

年長の友に捧ぐる弔歌

アカシアや野薔薇《ばら》やの香《か》の漂へば
思ひ出《い》づるは懐かしき顔

野歩きをいたく好みし我が友は
心優しき詩人なりけり

花を恋ひ小鳥の声を愛《め》でし兄《けい》
その詩心《こころ》を我は敬せり
人の世も深く愛せし丈夫《ますらを》よ
などてこの世を去り急ぎしか

（二十四年五月十六日）

香りの季節

花の香りの季節なり。
土手のアカシア・野薔薇《ばら》らが、
ほの甘き香《か》を風に乗せ、
我を誘《いざな》ふ季節なり。
蜜柑《みかん》も、白き花咲かせ、

そのほろ苦く甘き香で、
我が心をば奪ふなり。

人には悪しき心あり。
他人《ひと》を故なく苦しめて、
そをば喜ぶ心あり。

人には醜き心あり。
他人に隠れて讒《ざん》言し、
そをば楽しむ心あり。

人には卑しき心あり。
他人の不幸を快として、
密かに笑ふ心あり。

花には悪しき心なし。
花には醜き心なし。
花には卑しき心なし。
無心に咲きて香るのみ。

人に倦《う》みたるこの我も、
花には飽かぬ所以《ゆゑん》なり。
人の世にては安らぎえぬ、
心の狭きこの我も、
花の世界に身を置かば、
しばし休らひうる所以なり。

花の香愛《め》づるこの我は、
今日も香りを恋ひ求め、
此方《こなた》彼方をさすらひぬ。

今日の憩ひを見つけむと、
彼方此方をさまよひぬ。

（二十四年五月二十一日）

表裏

人間、表裏があってはならない、
と世人は言う。
確かに、表裏があり過ぎるのは問題だ。
けれども、全く表裏のない人間など、
この世に存在するだろうか。
表だけあって裏のない人間など、
本当に存在するだろうか。

万一存在するとすれば、
それは、
とてつもなく薄っぺらな人間であるに違いない。
一目で全人格を見て取れるような、
この上ない小人物であるに違いない。
厚みというものが皆無なのだから。
薄紙みたいなものだろう。
いや、どんなに薄っぺらな紙にだって、
ちゃんと表もあれば裏もある。
したがって、薄紙よりももっと薄っぺらな人間だ、
ということになるだろう。

人間には、
常時、他人の目に見せている面――
見せても差し支えない面――、

がある。
すなわち、表面だ。
だが、同時に、
他人には見せない面——
見せたくない面／見せてはならない面——、
も必ずある。
それが裏面だ。

人間の人格は、その両面から出来ているのだ、
と思う。
その両面の葛藤が、その人間の人格なのだ、
と思う。
その葛藤の深さこそが、その人間の人格の厚みなのだ、
と私は思う。

（二十四年六月五日）

善き人と言はれたからず

善き人と言はれたからず　この胸は
悪しき者をも住まはせたれば

我が胸の一面を見て善き人と
言はるることぞ心苦しき

悪人と思はれたくもなけれども
さ思はれなば気楽なるかや

その奥で善と悪とが争ふは
万人《ひと》の心の常のさまなり

溜め息

雨が降っている。
梅雨《つゆ》の雨が、しとしとと降っている。
病院からの帰り道。
神社の横の切り通しの両側の
小さな木立が、
静かにそぼ濡れている。

なんとなく風情を覚えて立ち止まり、
そっと耳を澄ませる。……

（二十四年六月二十日）

静かだ。
無数の木《こ》の葉たちの
雨を受け止める単調な音が、
この耳に聞こえるだけだ。
本当に静かだ。

あっ、誰かが溜め息をついた。
誰だろう？

向こうの大きな椿《つばき》の木だろうか？
雨をたっぷりと含んだ鈴なりの実が、
重たいのだろうか？
それとも、こちらの譲り葉の木だろうか？
黙って雨に打たれるだけの身が、
切ないのだろうか？

それとも、私の空耳か？
それとも、私の溜め息か？
年老いた私自身の心の奥からの？ ……

（二十四年六月二十一日）

箱

人の心はごみ箱か。
それとも、宝の箱だろか。
醜い欲や怨念や
悪意や嫉妬や自惚《うぬ》れが、
ぎっしり詰まった箱だろか。
それとも、愛やら善意やら、

いろんな美徳が収まった、
ずっしり重い箱だろか。

私の心はどうだろう。
目を背けずによく見れば、
塵も芥も溜まってる。
汚泥が悪臭放ってる。
けれど、それらのあちこちに、
きらきら光るものがある。
きれいに澄んだ宝石だ。

他人《ひと》も私と変わるまい。
そのきれいさや汚さの
程度に違いはあるにせよ、
心の基本は違うまい。

基本は誰も同じだろ。

人の心はごみ箱だ。
だけど、宝の箱なんだ。
ごみと宝が同居する、
人間くさい箱なんだ。

（二十四年六月二十八日）

苗木

苗木が雨に打たれてる。
今年の初めに植えられて、
葉っぱが二、三出ただけの
白いちじくのこの子供。

無情の雨にたたかれて、
うなだれ気味に身をすくめ、
健気にじっと耐えている。
なぜか昔を思い出し、
切なさ募り泣ぐむ。

（二十四年七月一日）

文学と道徳

文学書の最も誤りがちな読み方は、
そのすべてを、
現行の道徳に則して読もうとすることだ。
そのすべてが、
現行の道徳に則して書かれているという――

そうでなければならないという――、
単純な思い込みに立って読もうとすることだ。
まるで文学が、
現行の道徳の忠僕か宣伝係ででもあるかのように。

なるほど、そういう文学書もあるかもしれない。
しかし、そうした読み方でその内容を正しく把握できる文学書なら、
それは、少なくとも、
深みのある文学書ではないだろう。
なぜなら、文学とは、本来、
現行の道徳を読者に説いたり勧めたりすることを
目的とするものではないからだ。

文学の目的は、人間を描くことにある。
人間を常識よりも深く見つめ、

人生の意味を常識よりも深く掘り下げることにある。
そして、人間という生きものは、
いつの時代でもどこの社会でも、
道徳的な側面と道徳的でない側面とを併せ持った、
誠に複雑な存在なのだ。
したがって、文学者は、
人間のそんな両面を、
有りのままに描くほかはないのだ。
人間を有りのままに描かなくては、
人生のいかなる問題にも、
正しく対処することはできないのだから。

その結果として、一つの道徳が――
人間の歩むべき一つの道が――、
ほの見えてくることは、あるかもしれない。

否、文学者が人間を描き人生を描こうとするのも、
煎《せん》じ詰めれば、
自分が納得できる道徳――
より人間的な新しい道徳――、
を求めてのことなのかもしれない。
否、きっとそうなのだ。
ならば、その道徳は、
現在、社会一般に通用している道徳とは、
大なり小なり異なるニュアンスを帯びているに違いない。
もし自分が現行の道徳に完全に納得できているなら、
文学者は、あえて、
自らの手で人間を描こうとしたり人生を描こうとしたりは、
決してしないはずなのだから。
ゆえに、その種の文学書に接する場合には、

現行の道徳の支配から一時離れることが、
読者にも求められるだろう。
少なくとも、
現行の道徳に完全に捉われた心で、
その種の文学書を正しく理解することは、
極めて困難だろうと、
私には思われる。

（二十四年七月三日）

躍　動

ころころ小柄な娘さん。
ころころ元気いっぱいだ。
笑いが顔にあふれてる。

体中《からだじゅう》からあふれてる。

何かいいこと、あったかな。
嬉しいことがあったかな。
ころころ体が弾んでる。
ころころ命が躍ってる。

若い命がまぶしいよ。
見ているだけで楽しいよ。
見ている僕も弾んじゃう。
ころころ心が躍っちゃう。

ころころかわいい娘さん。
ころころ元気な娘さん。
明日も元気な顔見せて。

明日も笑顔で頑張って。

（二十四年七月九日）

魂の尊厳

嵐が近づいている。
強い風が吹く。
風の手先の黒雲が、たちまち空いっぱいに広がる。
青空が見る見る縮んでいく。
青空が黒雲に絞め殺される。

それを見た木の枝が、血相を変え、
一も二もなく風になびく。
木《こ》の葉も風になびく。

草むらが風にひれ伏す。
強い力には、皆がなびき、ひれ伏す。

けれども、私は、なびきもひれ伏しもしない。
たとえ私の体が倒れ伏しても、
私の魂は、断じてなびきもひれ伏しもしない。
私は、木の枝でも木の葉でもない。
草むらの草でもない。
私は人間だ。魂を持った人間だ。
しかも、個人の魂の尊厳を
固く信じてやまない人間なのだ。

（二十四年七月十一日）

人生という名の劇場

人生という名の劇場に登場する人々は、
皆、役者だ。
実際には存在しないものが――
例えば、理想だとか正義だとか人間愛だとか、
更には、自由だとか平等だとか進歩だとか平和だとかが――、
まるで現実に存在するかのように振る舞い、
実際には信じていないそれらのものを、
まるで本当に信じているかのように振る舞う。
そして、実際の自分ではない、そんな装われ取り繕われた自分が、
まるで正味の自分であるかのように振る舞う。

しかも、そう振る舞うことが許される。

否、そう振る舞わなければ許されない。
そう。そのように振る舞うことが、
社会から求められているのだ。
つまり、登場人物たちは、
社会から与えられたそれぞれの役割を、
社会が用意したシナリオどおりに
演じているだけなのだ――
全員の暗黙の了解のもとに。

否、それは極論だろう。
理想や正義や人間愛は――
そして、自由も平等も進歩も平和も――、
この世に確かに存在するはずだし、
存在しなければならないはずだ。
そして、世の人々も、それらの存在を、

少なくともある程度は信じているはずだ。
特に、人生経験の乏しい若年層には、
真っ正直に信じ込んでいる人々も、
大勢いるはずだ。
ただ、現実においては、これらのものが、
大人たちが信じているふりをしているほどには、
大きな比重を持たず、
明瞭な形をしていないだけなのだ。

けれども、長く人間をやっていると、
理想や正義や人間愛等々は、
所詮、芝居の世界だけのことではないのかという錯覚に、
ややもすると陥りがちになるのも、本当だ。
残念ながら、本当だ。

（二十四年七月十三日）

感動

美しい女《ひと》がいた。
その美しさに感動する私がいた。

バスの中でたまたま私の隣に立っていただけの、
夏着姿の美しい女。
その美しい横顔をまっすぐに凝視できない私。
私は、じっと窓の外を見ていた。
その女も、ずっとバスの外を見ていた。

もとより、言葉を交わしたわけではない。
顔を見合わせさえしなかった。
私は、その女の方を向いてはいけないような気がして、いつまでも頑なに窓の外を見ていた。
しかし、その女が美しい女だということは、
なぜだか分かっていた。

その女は、私の心の動きに気づいていただろうか？
私の心の動きを見通していただろうか？
いやいや、そんなことはどうでもいいことだ。
その女は、途中でバスを降りていったが、
その日、私の心の中では、
快い感動がいつまでも長い尾を引いていた。

（二十四年七月十六日）

君優しいねと言ってみる

夏の日をそっと遮る白雲に
君優しいねと言ってみる

柔らかく肌を撫でてくそよ風に
君優しいねと言ってみる

日盛りに日陰を作ってくれる木に
君優しいねと言ってみる

一休みしてはいかがと笑む花に
君優しいねと言ってみる

（二十四年七月十七日）

夏の風

十円出そうか、この風に。
百円出そうか、この風に。
とても気持ちのいい風だ。
千円出しても惜しくない。

けれど、金など欲しがらぬ。
風は金など受け取らぬ。
十円出すのはやめとこう。
千円出すのもやめとこう。

金欲しがるのは人だけだ。

出したがるのも人だけだ。
風の恵みは測れない。
それは金では測れない。

風に好きだとささやこう。
君が好きだとささやこう。
ありがとうってささやこう。
友達だよってささやこう。

（二十四年七月二十日）

加齢と共に

人間の目をカメラにたとえるなら、
それは、

加齢と共にどんどん後ろに引かれていくカメラだ。
ゆえに、その視野は加齢と共に拡大し、
視野の中の被写体の数は、
加齢と共にどんどん増加する一方だが、
当然ながら、その一つ一つのサイズは、
どんどん縮小していかざるをえない。

そうなのだ。
若いときには、ほとんど視野全体を占めていて、
絶対的な重要性を帯びていた事物も、
決して例外ではなく、
止めどなく小さくなっていく。
いろんな被写体のうちの一つにすぎなくなっていく。
相対的な重みしか持たなくなっていく。

こうして、
かつては自分のすべてを投入し、
ひた向きに一つのことに取り組んだ若者も、
加齢と共に次第に情熱を失い、
人生の傍観者への傾斜を深めていく。

そうなのだ。
大人になるということは、そういうことなのだ。
視野の狭さから生まれる若者の情熱は、
若者が年齢を重ね、経験を積み、
その視野が広がるにつれて、
傍観者の冷静さへと変質せざるをえない宿命なのだ――
そのよしあしは別として……。

（二十四年七月二十七日）

睡蓮と私

池に咲くただ一輪の睡蓮の
一輪ゆゑのその美しさ

水の面《も》に葉に囲まれて独り咲く
汝《なれ》を見つむる我も独りぞ

独り今　時季に遅れて咲く花よ
毅然と香れ我が道を行《ゆ》け

（二十四年七月二十八日）

私は、こういう人間でありたい

現実にはありえない話だろうが、
万が一にも美しい女性に誘惑されるようなことがあれば、
私は、大きくよろめくような人間でありたい。
美女の媚態や甘言にも心が微動だにしないような、
そんな鉄人や木石ではありたくない。
そんな非人間的な無機質の心に、
私は、詩美も共感も覚えない。
私は、温かい血の中に弱さも欠点も潜めているような、
そんな人間らしい人間でありたい。

けれども、私は、
美女の魅力の前に手もなく自分を見失い、

その手練手管に簡単に籠絡されて、
人の道をあっけなく踏み外してしまうような、
そんな情けない人間ではありたくない。
もし本能にたやすく負けてしまうなら、
人間としての値打ちはいったいどこにあるのだ。
私は、美女の魅力に大きく傾《かし》ぎながらも、
結局はその誘惑を懇ろに謝絶できるような、
そんな真っ当な人間でありたい。
人間として守らなければならない一線は、
きちんと守り通せるような、
そんな人間らしい人間でありたい。

（二十四年八月三日）

木曾路の旅

木の香り木の色が染《し》む木曾の風
白雲《しらくも》は天に漂ふ帆掛け船
御岳《おんたけ》が四方《よも》にかぶさる　どっしりと
開田《かいだ》にて木曾馬を見て萩を見て
白樺の風がささやく夏の夢
身にぞ染む開田の宿のもてなしが

やれ険し馬籠《まごめ》の坂の石畳
藤村の影を偲《しの》びぬ夫婦《ふうふ》して

（二十四年八月十日）

本音を吐ける場所

人間社会は、本音を吐けない窮屈な社会だ。
もっともらしい建て前がやたらに幅を利かせ、
迂闊《うかつ》に本音を口にしようものなら、
たちまち四方八方から袋だたきだ。
だから、個人は、
常に本音を心の奥深くに逼塞《ひっ》させ、
社会が求めるように自らを装い、

自分ではない自分を演じながら、
虚飾の日常を生きている――
否、生きざるをえないのだ。

そんな人間社会にあって、
個人の偽らざる本音を解放することができる、
数少ない場所の一つが、文学の世界だ。
文学の世界は、作者が、
人間や人間社会に関する自分の本音や、
自分自身に関する自分の本音を、
誰に遠慮することもなく率直にさらけ出せる場所だ。
だからこそ、読者も、
自分を包み隠さずさらけて、
作者の心と本音で交わることができるのだ。
そして、人間や人間社会や自分に関する正味の真実を、

改めて確認することができ、
更には、より深く認識することができるのだ。
だからこそ、文学は、
人間社会で重要な意味を持つことができるのだ。

文学の世界とは、そういう場所なのだ。
否、そういう場所であるべきなのだ。

（二十四年八月十五日）

老釣り師

今日も朝から川に来て
釣り糸垂れた、老釣り師。
かんかん照りの川端で、

何を釣ろうとしてるのか。
じっと釣り糸垂れたまま
微動だにせぬ、老釣り師。
強い日差しにあぶられる
姿は、まるで苦行僧。

魚《うお》も暑さに巣籠もりか。
辺りに魚の影はない。
それでもじっと待っている
姿は、まるで求道者。

不動・無言の老釣り師。
何を思っているのやら。
魚はどうでもいいのなら、

何を求めているのやら。
行《ぎょう》を続けているような、
この温顔の老釣り師。
彼が釣ろうとしてるのは、
魚ではなくて悟りかも。

（二十四年八月十七日）

反骨

夏が照りつける。
まだまだ照りつける。
かんかん照りつける。
何の斟酌もなく、

万物の上に照りつける——
これでもか、これでもか、
と言わんばかりに。

夏が照りつける。
非情に照りつける。
一切の妥協を拒絶して、
厳然と照りつける——
生き残れるものだけが生き残れ、
と言わんばかりに／
耐え切れないものは死ね、
と言わんばかりに。

くそっ！
私の中の反骨が刺激される。

私の中に、
むらむらと闘志が湧き起こる。
老いて萎《しお》れかけた私の心身に、
生きる力がよみがえる。

（二十四年八月二十一日）

遠ざかる

白い日傘が遠ざかる。
稲穂に沿って遠ざかる。
稲穂で見えぬその姿。
ただ傘のみが遠ざかる。
傘の主《あるじ》は乙女子か？

それとも、熟れた麗人か？
老いた体に灯がともる。
老いた心に夢が咲く。

後を追おうか、追うまいか？
夢を見るしかできぬ身で、
後追いかけて何《なん》になる？
ストーカーでもあるまいし。

日陰で思案する私。
その間《ま》に傘は遠ざかる。
花がだんだん遠ざかる。
夢がどんどん遠ざかる。

（二十四年九月十一日）

ある秋の日に

秋の日差しを浴びながら、
野中の道を歩みつつ、
真青《まさを》の空に詩を探す。
されど、日差しは快く、
この身にあまり快く、
心逸《はや》るも詩は見えず。

秋の小風に吹かれつつ、
田中の道を行《ゆ》きながら、
稲のそよぎに詩を求む。
されど、小風は快く、
この身にあまり快く、

心は急《せ》くも詩は聞こえず。

生きてこの世にあることが、
ただ幸せと思はるる、
ああ、快き秋の日よ！
生きてこの世にあるものが、
すべていとしく思はるる、
ああ、快き秋の日よ！

夢と現《うつつ》を分きかぬる、
心満ちたるこの時に、
我は、いつしか我《が》を忘れ、
我が身を秋に委ねたり。
更に、いつしか詩も忘れ、
すべてを秋に託したり。

（二十四年九月二十六日）

第八章　ナルシストではないけれど

（平成二十四年十月——二十五年三月）

やっぱり人間なんだから

君は、
自分の人生の過去のページの中には、
白紙に戻してしまいたいものが何枚もある、
と言う。
そこに記されている内容を、
できることなら、すべて拭い消したい、
と言う。
もしそうすることが可能なら、
どんなに心が休まるだろうか、
と言う。

そう、そのとおりだ。僕の大切な友よ。

僕の人生にだって、
白紙に戻したいページは、何枚もあるよ。
もしそれらのページがなければ、
どんなに心が楽になるだろうか、
と思えるような、
忌まわしいページがね。

誰だってそうじゃないのかな。
誰だって、
拭い消したいけれど拭い消し切れないページを、
心の奥に何枚も持っていて、
そのために苦しみ続けているんじゃないのかな。
だって、僕たちは、
神さまでも仏さまでもなくて、
只の人間なんだから。

人間であることに甘えちゃいけないけれど／
だから、そんなページを増やさないように、
絶えず努力しなくちゃいけないんだけれど、
それでも、やっぱり、
自分の努力だけではどうにもならないこともあったりして／
自分の至らなさを克服できないこともあったりして、
自分の人生のページに、
楽しいことや美しいことばかりを書き連ねることは、
とてもできっこないよね。
だって、僕たちは、
聖人でも君子でもなくて、
只の人間なんだから。

でも、やっぱり努力したいよね。

どんなに年を取っても、
どんなにくたびれても、
少しでもましな人生を目指して、
努力したいよね。
一歩でも半歩でも前進したいよね。
一尺でも半尺でも向上したいよね。
だって、僕たちは、
ごみでもがらくたでもなくて、
やっぱり人間なんだから。

（平成二十四年十月一日）

蚊をたたく

僕の右手に蚊が止まる。

右手の小指に蚊が止まる。
なんで今頃蚊がいるの？
暑さはとっくに過ぎたのに。

なんだか弱々しげな奴。
一夏越した年寄りか？
動作が鈍く覇気がない。
嫌々止まっているようだ。
なるほど、やっぱり秋の蚊だ。

お前なんぞに用はない。
さっさとどこかへ行っちまえ。
年寄りの血を吸うでない。
弱者仲間を刺すでない。

僕の心を知らぬげに、
小指にちくりと針が立つ。
分からぬ奴め、やむをえぬ。
ためらいながら蚊をたたく。
空き手励まし蚊をたたく。

（二十四年十月四日）

真実

川面《も》に浮いているものは、
比重の小さな軽いもの。
水より比重が大きけりゃ、
どんなものでも沈んじゃう。

世間の川も同じこと。
何人の目にもすぐ見える、
表に浮かぶ真実は、
いずれも軽いものばかり。

ほんとに重い真実は、
川の底まで沈んでて、
水の帳《とばり》に隠されて、
なかなか人目に付きはせぬ。

（二十四年十月八日）

やっぱり惚れているんだよ

今日、男女の勉強仲間で話し合った、

と妻が言う。
たとえ生まれ変わっても、
また同じ相手と結婚したい、と思うかどうか、
十人ほどで話し合った、と言う。
そう思うと言った仲間は、
たった一人だけだった、と言う。
その仲間に自分は感心した、と言う。
妻よ、すると君は……。

それはそうだよね、よく考えてみれば。
誰だって、相手の正体を知らないからこそ、
結婚しようという気になるんだろうからね。
相手に甘い幻想を抱くからこそ、
結婚という冒険に踏み切れるんだろうからね。
何十年も一緒に暮らして、

相手の素顔が嫌と言うほど見えてしまえば、
誰が結婚したいなどと思うものかね――
勿論、例外はあるだろうがね。

だけど、どうしても同じ相手じゃ嫌だ、と言い張る人も、
案外少ないんじゃないだろうか。
どんな結婚にだって、
悪いこともあればいいこともあるはずなんだから。
どんな相手にだって、
欠点もあれば美点もあるはずなんだから。
結婚生活がそれほど満足のいくものでなくても、
結婚なんて、まあこんなものだろうと／
結婚相手にある程度の不満を感じていても、
人間なんて、まあこんなものだろうと、
長年の経験から分かっているんじゃないだろうか。

どんな相手と結婚しても、
そうそう楽しいことばかりじゃないってことが、
ちゃんと達観できているんじゃないだろうか。
だから、口では辛辣なことを言っても、
ほとんどの夫や妻は、
心の中では相手を許しているんじゃないだろうか。

僕自身はどうなのかって?
うーん。そうだねえ。
もし生まれ変わって、また君に出会ったら、
たぶん、また君を口説きに掛かるんじゃないのかな。
ぜひ結婚してくださいってね。
・・・
見てくれはぱっとしないかもしれないけれど、
心根はそんなに悪くない男だ、とか何とか言って、
強引に迫るんじゃないのかな。

結婚してから四十二年。
いろんなことがあったけど、
僕は、君にやっぱり惚れているんだよ。

（二十四年十月九日）

杉の木と私

がらんとしてる無住寺の
庭に、のっぽの杉の木が、
たった一本立っている。
独りで散歩に出た私。
話し相手を見つけたと、
気安く話しかけてみる——

杉さん、杉さん、今日は。
随分高く伸びたねえ。
そんなに高くなるまでに、
毎日、同じ所から、
同じ景色を見てきたろ。
それで、ちっとも飽きないか？

やあ、今日は。散歩かい？
あまり見かけぬ顔だなあ。
遠慮を知らぬ男だな。
会うなりきつい質問か？
そりゃあ、飽きるさ。飽きるとも。
君は歩けるからいいが、
年がら年じゅう一か所に

じっと立ってりゃ、退屈さ。
だから、こんなに伸びたのさ。
せめて遠くも見えるよう、
こんなに高く伸びたのさ。

だけど、やっぱり退屈だ。
どんなに遠くを見つめても、
この世のことはおんなじさ。
生まれて生きて苦労して、
泣いて笑って腹立てて、
つまらぬことで争って、
わずかな幸にありついて、
ただ死ぬだけ、の繰り返し。
たとえ何かが変わっても、
結局、一時だけのこと。

長年生きてきた目には、
所詮は似たり寄ったりさ。

だから、毎日、うたた寝さ。
面白いこと、あるじゃなし。
話し相手がいるじゃなし。
けれど、あんまり退屈で、
時には死んでしまいそう。
退屈病にやられそう。

君も私に近い年。
どうやら気持ちも合いそうだ。
もし良かったら、これからも
時々訪ねてくれないか?
退屈凌ぎのお喋《しゃべ》りの

相手になってくれないか?

（二十四年十月十二日）

黄檗山萬福寺参詣

秋晴れと風に誘はれ黄檗《わうばく》へ
宗旨の寺に今詣でむと

萬福寺　花なき蓮の池巡る
花果てぬれど日光《ひかり》爛漫

のどかやな　天と人とを結ぶ寺
妻とたたずむ　その日溜まりに

ありがたき天の光は行《ゆ》き渡り
這ふかまきりも　いと眠げなり

（二十四年十月十五日）

私の生き方

それが、善きものであろうとも、
たとえ悪しきものであろうとも、
自分にないものをあるとせず、
そういうふりをせず、
自分にあるものをないとせず、
そういうふりをせず、
ないものはないとし、
あるものはあるとした上で、

できるだけ真っ当に生きるよう、
誠実に努めたい。

見せかけではなく正味において、
あるべきものを少しでも増やし、
あるべからざるものを少しでも減らしながら、
少しでもましな人間になれるよう、
常に努め続けたい。

自分に過大な要求はせず、
自分に無理なくできる範囲で、
地道に努め続けたい。

（二十四年十月十六日）

桜とお日さま

お日さま恋しく思われる、
秋深まったこの時季に、
桜の枝に五、六輪、
花がひっそり咲いている。
季節外れの狂い咲き。
葉っぱはとうに散り果てて、
大枝小枝もその幹も、
すっかり裸になったのに。

桜の花よ、桜さん、
なんで今頃咲いてるの？
誰にも見られぬこの時季に

せっかく咲いても、無駄じゃない？
小春を春と間違えて
うっかり咲いちゃ、駄目じゃない？
蕾《つぼみ》を固く閉じてなきゃ、
厳しい冬を越せないよ。

けれど、桜は知らぬ顔。
私の声には答えずに、
空を見上げてほほえんで、
幸せそうだ。嬉しげだ。

そうか、お日さま恋しいか？
お日さま見たくて咲いたのか？
なるほど、ここへ来る途中、
鴉も空を見上げてた。

子猫も空を見上げてた。
芙蓉《ふよう》の花もコスモスも、
みんな、お日さま見上げてた。
みんな、お日さま恋しいんだ。
みんな、私とおんなじだ。

（二十四年十月二十二日）

針

風が吹く。
榛名《はるな》湖畔に、秋の風が吹く。
榛名富士を越え、榛名湖を渡ってきた、
厳しい冬の先触れが、
湖畔の木々に強く冷たく吹きつける。

湖畔の木々が、激しく身を震わせる。
風当たりを減らそうとして、
風の当たる面積をなるべく狭くしようとして、
もう何の役にも立たなくなった枯れ葉を、
無情に、非情に、大急ぎで振り落とす。

赤や黄に染まった種々の無数の枯れ葉が、
ばらばらと落ちてくる。
そうした枯れ葉に交じって、
落葉《から》松の小さな色あせた枯れ葉が、
密集して落ちてくる。
ざあざあと雨のように降ってくる。
いや、
その長細い一本一本が朝日にきらきらと輝くさまは、

まるで氷だ。
氷の針だ。
その氷の針が、固まりになって降ってくる。

けれども、
命の抜け殻となって今や母体にさえ見捨てられた針は、
全く無力だ。
こんなにたくさん私の頬にぶつかっても、
かすり傷一つ負わせることさえできはしない。
無力な空しい針……。
その空しさが、私の胸に突き刺さる。
深く深く突き刺さる。
そのあまりの痛さに、
私は、思わず、傍らの妻を振り返る。……

(二十四年十一月一日)

屈折

男尊女卑の思想が社会の隅々まで行《ゆ》き渡っていた
明治三十三年（一九〇〇年）に生まれた、私の父は、
女性蔑視の因習に色濃く染まっていた。
その上、裕福な銀行家の跡取り息子として、
周囲から甘やかされて育ったために、
無能なくせにやたらと気位が高かった父の、
他者を不当に見下す習慣が、
その女性蔑視に拍車を掛けた。
父にとっては、自分の妻でさえも、
自分と対等の人格を持つ存在ではありえなかった。
妻の人格を尊重し、妻を大切な伴侶として愛することを、
父は、男の沽《こ》券に関わる軟弱なことのように考えていた。

そんな父は、生涯において二度結婚したが、
いずれの場合にも、結局は愛想を尽かされ、
二度とも妻に逃げられた——
後妻だった、私の母を含めて。
その結果、父の女性蔑視は一段と進行したばかりか、
父は女性を激しく憎むようになった。

そんな父は、少年の私も、
女性を蔑み、女性を嫌うように仕向けた。
そして、そのことが、女性に対する私の気持ちを
著しく屈折させることになったのだ。
私には、女性に関心を持つことが、
何か恥ずかしく後ろめたいことのように思われ、
私は、思春期を迎えても、

女性を素直に愛することができない人間になっていた。

そのことは、当然、私をひどく苦しめずにはおかなかった。
私だって、本当は、世の大方の男性と同様に、
素直に女性を愛したかったのだから。
けれども、父が私の幼い心に植えつけた女性への偏見から、
なんとか自らを解放し、
女性を一応は素直に愛せるようになるまでに、
私は、どれだけ内面の葛藤に
苦しまなければならなかったことだろうか。

自分の人間としての諸《もろ》々の不徳を棚に上げ、
母を蔑み、母を憎むよう私に教えた父 ／
女性を蔑み、女性を嫌うよう私を育てた父――
今思えば、全くとんでもない父だった。

父の罪深さには限りがない。
私が父から得たものは何もない――
反面教師としての父から教わった、
様々なことを除いては……。

（二十四年十一月五日）

絶対の価値

私は、若年の頃、
自分の人生を絶対的に方向づけてくれるような
絶対の価値に憧れ、
ひたすらこれを追い求めて、
様々な書物を読み漁《あさ》り、

頭が痛くなるまで思索に没頭した。

しかし、そのような価値はどこにも見つけることができず、
私は、実人生の経験から、
結局、そうした価値は
現実の人間界には存在しないことを、
悟るに至った。

では、なぜ絶対の価値は、
人間界には存在しないのだろうか。
なぜなら、人間そのものが、
決して絶対の存在ではなく、
所詮は相対の存在にすぎないからだ。
そして、相対の存在は、
どこまで行っても、

相対の価値しか持つことはできないからだ。

けれども、その裏を返せば、
相対の価値は人間的な価値だ、
ということでもある。
我々人間が人間らしく生きていくために必要なのは、
そういう相対の価値なのだ。
ゆえに、我々は、諸々《もろ》の相対の価値を尊重し、
一部の特定の価値だけに偏ることなく、
いかなる価値も短絡的に切り捨てることなく、
諸々の価値のバランスを巧みに取りながら、
慎重に手探りで漸進していくことが、
望まれるのだ。

絶対の価値を単純に信じてひた向きに突っ走る生き方は、

極めて危うい。
なぜなら、そうした生き方は、
真に人間的な価値である相対の価値を軽んじ、
その種の諸々の価値を蹴散らして罷《まか》り通ることに、
何の痛痒《よう》も覚えないからだ。

それにしても、なぜ人間は、
人間界には存在しない
絶対の価値に憧れるのだろうか。
そんな価値は人間界には存在しない、
という正にその事実こそが、
恐らく、その理由だろう。
人間界には実在しない空想の産物だからこそ、
人間は、絶対の価値に憧れるのだろう。
人間とは、現実に存在しないものに憧れる、誠にロマンティックな生きものでもあるのだ。

（二十四年十一月十五日）

好きになるということ

男が女を好きになることであろうと、
女が男を好きになることであろうと、
人が人を好きになるということは、
人が人を嫌いになるということよりも、
ずっといいことだ。
人が人を好くことは、
人が人を憎むことよりも、
ずっとずっといいことだ。
人を好きになれない心よりも、

人を好きになれる心の方が、
遥かにいい。

人が人を好きになるということは、
基本的にいいことだ。
それは、好きな相手の幸せを願うことなのだから。
自分の幸せしか眼中にない「好き」などは、
「好き」のうちに入るまい。

（二十四年十一月十五日）

夢を拾う

太陽が燦《さん》々と降り注ぐ、
丘の麓の朝の道。

道に沿って続いている雑木林も、
もうすっかり秋の気配だ。

道に落ちている大小の枯れ葉。
赤みがかったのもあれば、
黄みがかったのもある。
朝露に濡れたせいか、
まるで宝もののようにきらきら光っている。

赤を拾う。
黄を拾う。
秋を拾う。
美を拾う。

家で待つ我が妻への手土産に、

ささやかな夢を拾う。

（二十四年十一月十九日）

願望

私は、自分の気持ちは、
なるべく素直に妻に伝えるようにしている。

けれども、
たとえ、ありがとうと言わなくても、
たとえ、ごめんと言わなくても、
たとえ、御苦労さまと言わなくても、
お互いに分かり合える夫婦でありたい。

たとえ、さよならと言わずにこの世を去っても、
たとえ、幸せだったと言わずにあの世に行っても、
お互いに通じ合える夫婦でありたい。

（二十四年十一月二十二日）

霧晴れて

年を取れば、霧が晴れる。
心の中の霧が晴れる。
心の目を塞いでいた霧が晴れる。
若いときには見えなかったものが、
はっきりと見えてくる。

特に、現役を退き、

人間界をその外側から眺める立場に置かれると、
人間界を動かしている巨大なからくりの正体が、
はっきりと見えてくる。

そこには、厳かな神秘も高邁《まい》な真理も、
ほとんどありはしない。
そこには、人間界を円滑に動かしていくための
巨大な仕掛けと、
それを支える巧妙なフィクション以外には、
ほとんど何もありはしない。

そういうことがはっきりと見えてくる――
それが、年を取るということなのだ。

（二十四年十二月十四日）

古稀の坂

粥食《かゆ》へば鼻水が垂る古稀の坂
皆緩むネジもボルトもたわいなく
老ゆるとは緩むことかと観念す
緩むまじ　せめて心のネジだけは

（二十四年十二月十七日）

記　憶

私が子供の頃、
母に優しくしてもらった記憶は、
ほとんどない。
その頃の母は、
いつも心がけんけん尖っていたように思う。

戦後の混乱期に、我が家が没落し、
ふがいない父がますます飲んだくれる中で、
四人の子供を抱えた母は、
目下の生活に追われ、将来への不安にさいなまれて、
子供に優しく接する余裕もなかったのだろう。

特に、第三子の私は——
第四子の弟はなおのこと——、
美少女だった二人の姉の陰に隠され、
母の愛情が豊かには届きにくい位置にいたのかもしれない。
今と違って、
なにしろ、子だくさんの時代だったのだ。

更に考えてみれば、
戦前の封建的な道徳が染みついた当時の親たちは、
戦後の民主的な教育を受けて育った今日の親たちとは異なり、
親子の関係を上下の関係で捉えていて、
一般に、我が子に対して優しいと言うよりは、
むしろ厳しかったような気がする。

そんな母が私にいつにない優しさを示してくれた、

ほぼ唯一の記憶が、
「千草」という喫茶店での
母の記憶なのだ。

まだ私たち一家が松山の道後に住んでいた、
昭和二十二、三年頃のこと。
（と言っても、その頃の道後が既に松山市の一部になっていたかどうかは、
記憶が定かでない。）
当時、四歳か五歳だった私は、
銘仙の和服を上手に着こなした母と
二人でどこかへ出かけた際に——
上に二人の女きょうだいがいた私が、
こんなふうに母を独占できる機会は、
めったになかったのだが——、
道後公園の近くの坂道の途中の喫茶店に連れていかれた。

そのとき、母は、
私のために、それまで食べたこともなかった、
洋風のしゃれた食べ物を注文してくれた後《あと》、
常にない優しい口調で、
「もし母ちゃんがいなくなったら、あんた、どうする?」と、
私に問うたのだ。

私がどう答えたかは、全然覚えていない。
しかし、かなり内気ではきはきせず、
自分の気持ちを素直に表現することが
ひどく苦手だった私は、
恐らく、母のこの突飛な質問に大いに戸惑い、
その具体的な意味もつかめないまま、
うじうじと曖昧な態度に終始したことだろう。

母は、それからしばらくして父と別居し、
私が六歳のときに父と正式に離婚することになるのだが、
今考えると、母は、相当早い時点から、
父と別れることを既に考えていたのだろう。
そして、母なりに、
私たち子供の将来を心配してくれてはいたのだろう。

けれども、もしあのとき、あの喫茶店で、
私が、母に必死に取りすがり、
「嫌だ、嫌だ、母ちゃんがいなくなっちゃ嫌だ！」とでも
泣き叫んでいたなら、
母は、父との離婚を思いとどまってくれただろうか？　……
だが、いずれにしても、
私は、そういうことのできない性格の子供だった。
そして、何事にも率直できっぱりとした気性の母は、

そういう愚図な性格を好まない人だったのだ。

父は、今から五十六年前に逝ったが、
母は、今も息災で、今月、
満九十八歳の誕生日を私の長姉のもとで迎えた。
その母の六十四、五年前の若く美しかった姿を、
あの喫茶店の名前と共に、
私は、今でも鮮明に記憶しているが、
母は、あの時のことを、
果たして覚えているだろうか?
幼かった私の姿を、
しっかりと覚えてくれているだろうか?

（二十四年十二月二十九日）

元旦

元旦がかくも晴るるは珍しき
初日《はつひ》に向かひ両手を合はす

寒風に身をさらしつつ野を行《ゆ》けば
新春《はる》の光が背に暖かし

明日よりは我も七十路《ななそぢ》この命
いつ果つれどもをかしくはなし

そのときは悔いを残さず逝《ゆ》くやうに
その日その日をいざいとほしまむ

（平成二十五年一月一日）

寒風にさらす

寒風にさらす。
寒風にさらす。
寒風にひるむ我が身を、
あえて寒風にさらす。

耐えろ、耐えろ、意気地のない我が身よ。
この寒風に耐えられないで、
どうしてこの酷寒の世を生きていけるのだ？
耐えろ、耐えろ、ふがいない我が身よ。
この寒風を、
消えかけた我が命の火を煽り立てる、

恵みの風とせよ！

（二十五年一月九日）

洟

冬来るたびに洟《はな》が出る。
飯食うたびに洟が出る。
どうしてだろう？　なぜだろう？
ほんの数年前までは、
そういうことはなかったな。
これもやっぱり老化かな？
思いどおりにならぬ身が、
ああ、情けない、情けない！

粥《かゆ》をすすれば洟が出る。
汁を吸っても洟が出る。
出してなるかと力んでも、
勝手にずるずる垂れ下がる。
妻が、ティッシュを差し出して、
これでその洟拭けと言う。
抑制利かぬこの体。
ああ、爺《じじ》むさい、爺むさい！

（二十五年一月十三日）

吠えられるのは嫌だけど

久方振りに通る道。
あの犬がいる散歩道。

私がそばを通るとき、
塀の中からギャンギャンと
決まって吠える犬がいる。
いつまで経っても馴れないで、
私に吠える嫌な奴。

そいつが嫌で、しばらくは
御無沙汰したが、そこに咲く
山茶花《さざんか》見たさに、今日は来た。

けれども、今日は吠えないぞ。
さては、主人に連れられて、
どこかへ散歩に出かけたか。
それとも、病気で寝込んだか。
頓死したのじゃあるまいな。

吠えられるのは嫌だけど、
吠えられなくても落ち着かぬ。
どういうわけか、もの足りぬ。
やっぱり吠えられたいのかな。
犬にも認めてほしいのか。
自分を認めてほしいのか。

（二十五年一月十六日）

偏見

人間は愚かだ。
ある人物に対する無責任な偏見を
他者から吹き込まれた場合、

その人物を自分自身の目で見ようとはせず、
その他者の目で見ようとする。
たとえ自分の目に映るその人物の姿が、
偏見を通して見えるその人物の姿とは、
どんなに違っていようとも、
これまでの見方を決して修正しようとはせず、
あくまでも偏見に固執する。

たとえその人物が、
実際にはどんな悪事をも働いていなくても、
その人物が悪人だという見方を捨てず、
頑固な偏見の目で見続ける。
自分は騙《だま》されないぞ／
自分の目の届かない所で、
悪いことをしているに決まっている――

そういう目で見続ける。

それは、動物の自衛本能に根差した警戒心の行《ゆ》き過ぎた形だろうか。
それとも、他人を見下すことに快感を覚える、人間の優越本能の表れだろうか。
あるいは、退屈な日常に飽き飽きして、事あれかしと非日常を求める、人間の無意識的な願望に起因するものだろうか。

いずれにしても、
偏見で罪なき者を苦しめていいはずはない。
偏見に支配される人間は、愚かだ。
偏見を改めない人間は、愚かだ。

（二十五年一月二十二日）

望春

小雪散る真冬の野辺をさすらへば
梅の小枝に春の先駆け

老梅の枝にも蕾《つぼみ》付くものを
などて付かぬか　この我が身には

老いたれば二度と再び来ぬものと
知りつつ望む春の訪れ

（二十五年一月二十七日）

ココロノイエ

ジブンノイエハ　ジブンデタテル
ココロノイエハ　ジブンデタテル
ヒトニタヨラズ　ジブンヲツカイ
イッショウカケテ　ユックリタテル

ヒトノイエニハ　ワタシハスメヌ
ヒトノイエニハ　ワタシハアワヌ
カリタイエヤラ　マニアワセヤラ
アテガイモノデハ　ユッタリデキヌ

ジブンヲミツメ　コツコツツクル
ジブンニアワセ　コツコツツクル

ココロオサメル　チイサナイエハ
ウマズタユマズ　ダイジニツクル

(二十五年二月二日)

節分の空仰ぎつつ

節分の寒さの中に身を置けば
娘生まれし日ぞ懐かしき
彼《か》の日より凸凹道をたどり来て
今遠き地でいかに暮らすや
幸のみの人生はなし強き子よ
泣いて笑うて転び　また立て

良き連れと仲睦まじう歩むべし
助け合ひつつ支へ合ひつつ

（二十五年二月三日）

ナルシストではないけれど

人望もなく才もなく、
世事にも疎く不器用で、
・・・
うだつの上がらぬ人生を、
それでも投げずに生きてきた。
そんな自分が嫌いじゃないよ——
ナルシストではないけれど。

姿形に恵まれず、
男前には程遠く、
劣等感にさいなまれ、
それでも腐らず生きてきた。
そんな自分が嫌いじゃないよ——
ナルシストではないけれど。

人格上の欠点に、
時に嫌悪を覚えつつ、
それでも己を見捨てずに、
けっこうしぶとく生きてきた。
そんな自分が嫌いじゃないよ——
ナルシストではないけれど。

人間嫌いでありながら、

人間好きな面もあり、
無愛想だが涙もろく、
曲がっていてもまっすぐだ。
そんな自分が嫌いじゃないよ――
ナルシストではないけれど。

生きる空しさ感じつつ、
それでも虚無に屈せずに、
己がこの世にあることに
意味を求めて努力する。
そんな自分が嫌いじゃないよ――
ナルシストではないけれど。

（二十五年二月十二日）

南部の梅

花いとふ妻と語らひ早春に
遥かなる地へ日帰りの旅

暖かき紀伊では既に見頃なり
近江の梅はまだ咲かざるに

素《す》のままで気取らず飾らず装はぬ
南部《みなべ》の梅の素朴さを愛《め》づ

全山の梅に優しき海風よ
汝《な》も素のままの花に惹かるや

（二十五年二月十五日）

ある逆説

美は諧調にあり、と言う人がいる。
美は乱調にあり、と言う人もいる。
どちらが正しいのだろうか。

どちらも正しい、と私は思う。
諧調には諧調にしかない美があり、
乱調には乱調にしかない美がある、
と私は思う。
人間が人間らしく生きていくためには、
この両方の美を理解する必要がある、
と私は思う。

諧調の美は健康な美であり、
この美を理解することは勿論大切だが、
諧調の美しか理解できない心は退屈だ。
人生の片面にしか目を向けようとしない、
そんな固くて狭い心で、
果たして人間を正しく理解できるだろうか。
私には、そんな心に共感することはできない。

しかし、乱調の美しか理解できない心は、
極めて病的で危険だ。
その前途には、
安定した健康な生活は待ってはいまい。
恐らく、破滅しか待ってはいまい。

私が求めているのは、
安定した健康な生活だ。
だから、私は、
諧調を己の生き方の基本に据えざるをえない。

けれども、そんな私でさえ、
時には、乱調の美に惹かれることもある。
たぶん、私の心の中には、
諧調の美だけでは満足し切れず、
乱調の美をも追い求めるような、
そんな不健康な、危うい部分が潜んでいるのだろう。

だが、私は、
いささか逆説めくかもしれないが、
そういう不健康な部分が皆無な心は、

実は、栄養不良の痩せた不健康な心ではないか、
と思っている。
不健康な危うい部分をある程度内蔵している心こそ、
真に健康な心ではないか、
と思っているのだ。

（二十五年二月二十六日）

光と陰

光ばかりが称揚《はや》されて、
陰は疎んじられるけど、
この世が光だけならば、
光に何の意味があろ。
陰があるから光るんだ。

光の意味が光るんだ。

光、光と言うけれど、
光が陰を作るんだ。
光は陰の親なんだ。
陰は光の分身だ。
光がなけりゃ出来はせぬ。
いかなる陰も出来はせぬ。

光と陰は一体だ。
光だけでは成り立たず、
陰ばかりでも立ち行かぬ。
光と陰は、お互いに
切っても切れぬ仲なんだ。
善と悪との仲みたい。

手本

桜は伐《き》るなと言うけれど、
伐れば枯れると言うけれど、
しぶとく生きるこの桜。
この木ばかりは例外だ。

せっかくここまで伸びたのに、
せっかく大樹になったのに、
人の都合で邪魔にされ、
大枝小枝を払われて、
伐り傷だらけになっちゃった。

（二十五年二月二十六日）

傷が抉《えぐ》れた凹みには、
草まで澄まして生えている。

手足捥《も》がれて、くねくねの
胴体だけのこの桜。
それでも、断じてへこたれず、
梢《こずえ》に蕾《つぼみ》付けている。
密にびっしり付けている。
もうすぐ花を咲かすだろ。
きれいな花を咲かすだろ。
なんたる生命力だろう！

なんだか手本を見るようだ。
どんなに年を取ったって、
どんなに傷つけられたって、

生きてるうちは生きなくちゃ／
死ぬまで命燃やさなきゃ――
そう言う声を聞くようだ。
見習わなけりゃ、この僕も。

（二十五年三月十二日）

風

無から生まれて無に消える
風が、落としていくように、
木《こ》の葉、落としていくように、
僕も、落としていくとしょう。
言葉、落としていくとしょう。

だって、この身も風だもの。
無から生まれて無に消える、
所詮、はかない風だもの。

せめて、この世にいたという
証《あかし》、残していくとしょう。
取るに足りない、ささやかな
形見を置いていくとしょう。

けれど、結局、気休めだ。
風が落とした木々の葉も、
自然に溶けていくように、
僕が落とした言《こと》の葉も、
宇宙に溶けていくだろう。
たちまち溶けていくだろう。

証も形見も溶けていく。
生まれて、生きて、消えていく。
それでいいんだ。それでいい。
この世のことは、何もかも、
どうせ、はかない風だもの。

（平成二十五年三月二十三日）

索引

筆者紹介

氏　名
　大野充彦（おおの　みつひこ）

略　歴
　昭和十八年一月
　　愛媛県松山市に誕生。
昭和三十六年三月
　　愛媛県立松山東高等学校を卒業。
昭和四十年三月
　　愛媛大学文理学部人文学科甲（英語英米文学専攻）を卒業。
昭和四十二年三月
　　広島大学大学院文学研究科修士課程（英文学専攻）を修了。

昭和四十二年四月

滋賀大学（教育学部助手）に採用される。以後、三十八年間にわたり、学部にて主に英語および英米文学を担当。

平成三年四月

滋賀大学大学院教育学研究科修士課程担当教官を兼任。以後、十四年間にわたり、大学院にて英米文学を担当。

平成十七年三月

滋賀大学（教育学部教授）を定年の三年前に退職。

現　在

滋賀大学名誉教授。

著　書

研究書

『ジョウゼフ・コンラッドの文学——想像力と思考力——』（京都、あぽろん社、昭和五十四年）。

『ジョウゼフ・コンラッド点描』（京都、山口書店、昭和六十三年）。

『頼りなさを生きる――ジョウゼフ・コンラッドの五つの長編小説――』（京都、山口書店、平成九年）。

『大人の遊園地――20世紀英米短編小説私論集――』（京都、山口書店、平成十二年）。

『十色のメッセージ――20世紀英米短編小説自論集――』（京都、山口書店、平成二十年）。

詩　集

『退職前後――ある素人詩人の裸の詩日記――』（京都、山口書店、平成十八年）。

『半・世捨て人の独り言――ある無名詩人の裸の詩日記――』（京都、山口書店、平成二十一年）。

風の落とし葉
——ある自称詩人の裸の詩日記——

発行——二〇一三年十一月一日
著者——大野充彦
発行者——山口冠弥
発行所——株式会社山口書店
住所——〒606-8175京都市左京区一乗寺築田町七二
電話——〇七五(七八一)六一二一
印刷・製本——大村印刷㈱
定価——本体三、〇〇〇円（税別）
 ISBN978-4-8411-0921-4 C0092